集英社文庫

レインレイン・ボウ

加 納 朋 子

JN286199

集 英 社 版

レインレイン・ボウ　もくじ

本文デザイン　セキユリヲ(ea)

レインレイン・ボウ

サマー・オレンジ・ピール

1

牧知寿子《ちずこ》が死んだ、と聞かされたとき、渡辺美久《みく》はちょうど蕎麦《そば》を茹でているところだった。

三ヵ月前に引っ越してきたとき、サービスキャンペーン中だとかで、運送業者はのしのついたずしりと重い箱を置いていった。中身は〈信州やまいもそば〉と銘打たれた乾麺で、二百七十グラム入りが一ダースも入っていた。

さっそく美久が休日の昼に蕎麦を出すと、夫の文也《ふみや》はいかにも嫌そうに顔をしかめた。

「家でまで蕎麦は食いたくないなあ……週に三回は食ってるからさ、俺」

文也は外回りの営業マンなのである。時間と昼食代の節約のために、しょっちゅう駅蕎麦を利用しているらしい。

結婚してまだ二年足らずの、つまり初々しい新妻と呼べなくもない美久としては、今後、献立の栄養バランスにいっそう留意せねばと思いはしても、嫌がる夫に蕎麦を無理強いするような真似はとてもできない。したがって、〈信州やまいもそば〉は美久が一人でせっせと食べている。味は決して悪くないが、食べても食べても、いっこうに減らない。

その日も美久は自分の昼食用に、鍋に半分ほど湯を沸かし、乾麵の封を新たに切った。行平鍋《ゆきひらなべ》にもどんぶり七分目ほどの湯を沸かし、一人前のつゆを作る。具はわかめを戻し、昨日和《あ》え物《もの》に使った残りのちくわを適当に切った。自分一人分の食事だ。これで上等だろう。近所の主婦仲間に聞いても、昼食についてはカップ麵一個だの、前の晩の残りだの、どうやらみんなろくなものは食べていない。

つけっぱなしのテレビから、女性の声が聞こえてきた。

「結婚、出産、そして住宅の取得。この三つは人生の大きなイベントですよね。当然、それに伴う費用も大きなものになってきます。その他の大きな出費といえば、子供の教育費ですとか、老後の資金ですとかが必要になってくるわけですが、こちらのご家庭の場合は結婚されたばかりで、ご夫婦ともにまだお若くていらっしゃるから、さしあたっては出産、そして夢のマイホームに向けての貯蓄を考えていくことになります。そうしますと……」

ちらりと画面に目を走らせると、〈家計アドバイザー〉という肩書の横にその中年女性の名が連なっていた。ときどき買ってくる奥様雑誌の類でも、よく見かける名前である。

「三大イベント、か……」

独り言が口を衝《つ》いて出た。一人でいる時間が長いと、どうしても独り言が多くなる。リビングやキッチンにいるとき、何となくテレビをつけてしまうのも、しんとしているのが寂しいからだ。

もっとも正確には、家にいるのは美久一人ではなかった。ベビーベッドの上には、生後六ヵ月になる美也《みや》がすやすや眠っている。しかし彼女が美久の話し相手になってくれるのは、まだまだ先のことだろう。

美久はぼんやりと、先ほどテレビで耳にした言葉を、今度は口に出さずに反芻《はんすう》してみた。

結婚、出産、そして住宅の取得。家計アドバイザーによれば人生の三大イベントだというそれらを、渡辺夫妻はわずか二年ほどのうちに、ばたばたと済ませてしまったことになる。

マイホームについては、結婚当初から早いうちに購入するつもりだった。そもそもが、プロポーズの言葉がそれに関するものだった。

『美久ってさ、今、貯金どれくらいあるの？』

いきなりそう文也が聞いてきたとき、とっさに実際の預金額よりは三割ほど少ない金額を口にした。地元の短大を卒業して、すぐ地元の信金に勤めていた美久は、同年代のOLの中では貯めている部類に入っただろう。だが、それをそのまま口にすることは、なぜかはばかられた。

文也と美久の付き合いは、高校以来だからそれなりに長い。とうの昔に、見栄を張ったり無理をしたりする関係ではなくなっている。デートもいたってチープなものが多かった。ブランド品を買いあさるわけでも、海外旅行に行くわけでもない。加えて結婚するまでは自宅にいたわけだから、特にケチケチしているつもりはなくとも、自然に貯金額は増えていたのだ。

『けっこう貯めていたんだね』

そのとき、満足そうに文也はコメントし、続けて自分の貯金総額も付け加え、『だから』と言った。『二人の貯金を合わせれば、結婚費用を差し引いても、家の頭金にはなるな』と。

後で知ったことだが、文也が申告していた金額は、実際よりも二割ほど水増しされていた。水増しと言って悪ければ、結婚までにはこれくらい貯まるであろうという、やや楽観的な予測金額だった。

なるほど、これが男と女の違いというものかと、妙に納得した次第である。

ともあれ文也は有言実行タイプではあった。その上、彼の両親は地域にいくつもの土地やアパートを持つ、ちょっとした資産家でもあった。文也が〈家の頭金〉と言ったのは文字どおり建物部分ということで、夢のマイホームを建てるべき土地については、ちゃんと他に算段があったわけだ。

二十六歳の夫と二十五歳の妻という若さで、自分たち夫婦が一戸建てを持てたという幸運を、今、美久はしみじみと嚙みしめているところである。たとえ狭くとも一応は庭があり、低い垣根で仕切られた南側はお隣の私道だから、将来にわたって陽当たりは保証されている。現に今だって、リビングにはさんさんと陽の光が射し込んでいた。

向き不向きという観点から言えば、自分は間違いなく専業主婦向きだと思う。少なくとも、ＯＬとしての仕事よりは、細々とした家事の方がよほど好きだしうまくやれた。それは美也が生まれた後でも変わらない。美也はごく丈夫な上に、手のかからない赤ん坊だった。それは公園などで耳にする、他の母親の愚痴を聞いていてもよくわかる。生後間もない頃こそ大変だったが、たっぷり眠ってくれるようになった今では、少しは自分の時間も持てるようになった。美味しいお菓子をつまみながら、録画しておいたドラマを観るのが、今の美久の至福のときである。

美久はコマーシャルに変わったテレビの音楽を聴き流しながら、ふつふつと沸騰し始めたお湯の中に乾麵を落とし込んだ。キッチンタイマーをセットする。茹で上がるまで少し時間がかかるので、リビングにいる赤ん坊の様子を見に行った。レンタルしたベビーベッドの中で、美也は平和にすやすやと眠っている。その様子に思わず美久の口許《くちもと》はほころんだ。

そのとき、大きく取られたガラス戸の向こうに、人影が現れた。隣家の、十六、七に見える少年だった。

彼はガラス越しにまっすぐ美久を見て、ごくかすかに、しかし確かに微笑んだ。

美久の心臓が、どきんと鳴った。

〈胸がきゅんとする〉とは、しごく乙女チックな言い回しだが、美久はそれが実はリアルそのものの表現であることを知っている。考えてみれば、そんなふうに胸が苦しくなることはずいぶん久しぶりだった。

美久の初恋の人は、何を隠そう今の夫である。そう言うと、誰もが「あなたらしいわね」と苦笑する。そして文也との付き合いが高校生以来だと知ると、ふたたび苦笑して、こう言うのだ。

「まあそれはそれで、あなたらしいけど」

〈しつこい〉と言われているような気もするが、まあそれは被害妄想というものだろう。美久はよくいろいろな人から、〈あなたらしい〉と言われる。自分らしいとはどういうことか、今ひとつ美久にはわからない。

お隣の少年に微笑みかけられて、どきどきしているのも〈美久らしい〉ことなのだろうか。

テレビの中のアイドルタレントにときめくのと、さして変わらないことだとはわかっている。だがもちろん、アイドルタレントは自分だけに向けて微笑んでくれたりはしない。

少年は、あっという間に視界から消えた。しかし胸の鼓動は容易にはおさまらない。そんなことが、引っ越して以来ずっと続いている。

そのとき、美久の心臓に呼応したように、キッチンタイマーと電話とが同時に鳴った。けたたましい物音に驚いたのか、せっかく眠っていた美也も目を覚まして泣き出した。

慌てた美久は、まず電話に出てしまった。

「――片桐陶子《とうこ》だけど、覚えてるかな……」開口一番、相手はまず、そう名乗った。そして背後の喧噪に気づいたのだろう、続けて言った。「何か取り込み中みたいだけど、ごめんなさい、いいかしら。急用なの」

「もちろんよ」

大急ぎで美久は答えた。相手の二つの質問に、一度で答えたつもりだった。もちろん、陶子のことはよく覚えている。高校時代に在籍していたソフトボール部のキャプテンで、ピッチャーだった。当時、美久は陶子が大好きだった。卒業後はまるで会う機会がなかったが、今でもやっぱり陶子が好きだった。

憧れていた、と言ってもいい。

だから美久は陶子という人をよく知っているつもりだ。いつも物静かで、落ち着いていて、必要以上に騒ぎ立てるなんてことは絶対にしない。彼女が急用だと言ったら、本当に急な用件なのだ。

陶子は初めと同じ、静かな口調で言った。

「チーズが死んだわ」

瞬間、美久を取り巻いていた明るく平和な光景が、ぱっと反転したような気がした。

陶子が淡々と告げる、通夜や告別式の場所などを、美久は半ば機械的に書き取った。

陶子に礼を言って電話を切り、ベビーベッドに駆け寄って娘をあやした。最後に気づいて、キッチンタイマーを止めた。

鍋の中では、茹ですぎた蕎麦がくたくたにふやけて広がっていた。

2

その日は友引だったから、通夜は翌日、告別式は翌々日という日程だった。

告別式に参列するのは難しそうだった。平日の昼間である。まさか赤ん坊を連れて行くわけにもいかない。まだ一人で美也と一緒に電車に乗ったことはなく、斎場もどんな場所だかわからない。式の最中に泣かれたら大変だし、授乳やおしめ替えのことを思うと不安だった。とはいえ電車で一駅のところに住む義母に頼むのも気が重い。美久自身の実家も近場にあるが、母親は小学校の教員をしている。おいそれと急な休みが取れるはずもなかった。

そこで美久は思い切って、通夜の日、早めに帰ってきてくれるよう夫に頼み込んだ。バトンタッチで家を出るつもりである。

文也は拍子抜けするほどあっさりと、引き受けてくれた。

「俺にとっても後輩だしな」いつになく神妙な顔で、彼は言っていた。「どんな子だったか、全然わかんないけど」

「……体の弱い子だったのよ」香典袋の表書きを書き終えた美久が、そっと顔を上げて言った。「心臓が弱かったの」

「ソフト部だったのに？」

「だから練習も試合も、ほどほどにしかできなかったわ」

「心臓が丈夫でも、美久はほどほどにしかソフトの練習、していなかったよな」

「だって私、運動音痴だもん」

「前から聞きたかったんだけど、それでどうしてソフトボール部に入ろうなんて思ったわけ」

夫にそう聞かれたとき、美久は喪服から、かけっぱなしだったクリーニング屋のビニールを外そうとしているところだった。

「あれ、言ってなかったっけ」

言ったことがないのを承知の上で、ちょっととぼけてみた。

「うん、聞いてない」

真面目に返されて、観念した。

「あのね、私、そもそもはマネージャーになりたかったのよ」

「なんで？」

美久の手が、止まった。

「『タッチ』の南ちゃんに憧れてたから」

文也は盛大に笑い、「美久らしいなあ」と言った。

「何よ、当時は真剣だったんだから」

「ならさ、どうして野球部じゃなくってソフト部だったわけ」

目尻に涙を浮かべながら——そこまで大笑いすることないじゃない、と美久は憤慨した——文也は尋ねた。

「……だって野球部なんて、男くさくって汗くさくって、やだったんだもん」

「そりゃまあ、同感だけどね」

そう言う文也自身は、サッカー部に所属していた。

「なのにいざ入部してみたら、マネージャーなんかいらないからメンバーに入れって……」

美久が入部した時点で、なんと部員は八人しかいなかった。三年生は「受験に専念する」という理由で、早々に引退していたのだ。直後に同じ一年生が数人入部することになるが、入れ替わりに退部する部員もいたりして、総数は多いときで十四人程度だった。それが最終的には、つまり美久が三年になったときには九人になっていた。これでは紅白戦どころか、誰か一人欠けても試合ができない。弱小チームもいいところである。

実際弱かった。とにかく弱かった。他校と試合をすれば、まずたいていは負けた。それでもキャプテンだった陶子は、腐りもせずに黙々と毎日投球練習をしていた。

有り体《あてい》に言って、美久や（当時は神林《かんばやし》美久だった）、それに知寿子は部のお荷物でしかなかった。それでも美久が三年間、苦手な部活を続けたのは、自分がソフト部にとって最低限必要な人間だという自覚があったからだ。どんなにへたくそでも、根性がなくても、一人抜けてしまえばチームは成り立たない。いくらなんでもそれは、陶子に申し訳なかった。

おそらく、知寿子にとっても同様だったのではないか、と思う。

チーズこと牧知寿子は、風変わりではあったが、愛すべきキャラクターの持ち主だった。

「私ってどうしてこんなに美人なのかしら」

「私ってどうしてこんなに頭がいいのかしら」

「私ってどうしてこんなに器用なのかしら」

高校生活のそこここの場面で、彼女はこんな人を喰ったセリフを口にした。チーズが器量好しなのは事実で（美人というよりはむしろ可愛いというタイプであったにせよ）、彼女が成績優秀だったのも、器用に何でもこなせたこともまた、事実だった。普通ならこんなことばかり言っていると、特に同性からの総スカンを食いそうなものである。だが、チーズの口から出ると、不思議とそのセリフは嫌みに聞こえなかった。むしろ「私、なんて頭が悪いんだろ」なんて言っている優等生や、「ダイエットしなきゃ」が口癖のスタイル抜群の女の子なんかの方がよほど嫌みだと、並の成績で並の容姿だった美久は思っていた。

ともあれチーズが決して自賛しない分野がひとつだけあって、それは「私、どうしてこんなに運動神経がいいのかしら」とは決して口にしなかった事実がすべてを物語っている。

そのチーズがどうしてまた、よりによって運動部に入る気になったのか。一度聞いてみたいと思ったものだが、もちろん美久とて人のことは言えた立場ではないため、実際にはその疑問を口にしたことはない。

ソフトボール部という、場違いなところにいるという点で、美久とチーズとは似ていた。そしてその点くらいしか、似たところはなかった。

ないはずだった……。

美久の胸が、ちくりと痛んだ。

そのとき、文也はやけに陽気な口調で言った。

「万年ライトでさ、それもすっげー下手で。エラーした球を必死で追いかけてるとこなんか、まるで子犬がボールにじゃれついてるみたいでさ、てんでやる気なさそうなのに、元気だけはよくってさ、おっもしれー奴って思ったのが、始まりだったなあ」

夫は夫で、やはり高校時代のことを思い出していたらしい。サッカー部でキーパーをしていた彼には、ソフト部の練習を見かける機会も多かったのだ。

ふいに、涙がこぼれた。

「あ、ごめん」神妙な顔で、文也は謝った。「お前の友達が亡くなったってのに、不謹慎だったよな。名前しか知らない子だったから、つい……美久にとっちゃ、大事なチームメイトだよな」

ううん、と美久は首を振る。

昔から文也は、率直で優しくて誠実だった。付き合って何年経とうと、結婚しようと、それは変わらなかった。この人のことが好きだ、大好きだ——いつも、美久はそう思う。しょっちゅう、口に出しても言っている。まるでそれが、特別な呪文であるかのように、美久は繰り返す。そして「俺もだよ」という言葉を、半ば強制的に引き出すのだ。

たとえ夫婦であろうと、どんなに相手のことが好きだろうと、〈本当のこと〉なんて永遠に相手には伝わらない。そんなふうに悲観している部分が、美久にはある。にもかかわらず、なのか、だから余計、なのか。美久は呪文を唱えることを止められない。

3

翌日、約束どおり早く帰ってくれた文也は、赤ん坊のむっちりとした手を持って、「バイバイ」と振らせ、美久を送り出してくれた。

一人きりでの外出なんて、本当に久しぶりだった。やや後ろめたい思いを抱きながらも、やはり解放感があった。

通夜は真新しい斎場で行われた。翌日の告別式も同じ場所で行われるらしい。ちらほらと知った顔も見かけたが、その都度黙礼してすませた。当然ながら、元チームメイトたちとの再会を喜べるような雰囲気ではなかった。

だが、片桐陶子の姿を見つけたときばかりは、思わずにこりと微笑んでしまった。喪服に身を固めた彼女は、ユニフォーム姿とはまた違ったりりしさがあった。

慌てて笑顔を引っ込め、急ぎ足に近づこうとしたとき、受付付近で騒動が起きた。

「上司のあなたがちゃんと監督してくださらなかったから」低いが決して小さくはない声が、そう言っていた。「あの子は……知寿子は心臓が弱かったんですよ。なのに、夜の九時十時まで働かせるなんて。いったいどういう会社ですか？」

押し殺した別な男の声が、「落ち着いてください」とか何とか応じた。親戚らしい女性が数人駆け寄って、中年男性に詰め寄る若い男の背を押すように、どこかへ連れて行った。

「今の、誰？」

美久はようやく陶子に近づき、小声で尋ねてみた。

「たぶん、チーズのお兄さんだと思う」

陶子はひどく痛ましげな顔で男の行方を目で追っている。

「過労死ってことかしらね」

ふいに背後からそう言われ、美久はびくりと振り返った。すらりと背の高い女がそこにいる。仕立ての良い喪服をスマートに着こなし、ヘアもメイクもばっちり決めたその様子は、ちょっと見にはまるでモデルのようである。誰だこれ、と思ってよくよく見ると、元チームメイトの小《お》原《はら》陽子《ようこ》だった。

――化けたなあ……。

というのが、とっさの感想だった。

陽子も来ていたとは知らなかった。だが、彼女のこの変わり様を見ると、しっかり視界に入っていながら、単に気づかなかったのではと思う。

高校時代の陽子は、まるで電信柱みたいな女の子だった。小柄な美久とは対照的にのっぽで、凹凸のない体つきをしていた。年頃に相応のしゃれっ気など皆無と言ってよく、量の多い髪を首の後ろで注連縄《しめなわ》みたいな三つ編みでまとめ、顔中に浮いたそばかすをものともせずに真夏の紫外線に素顔をさらしていた。

実を言うと、美久は陽子のことが苦手だった。何しろ体格に差がありすぎて、それでなくとも威圧感があるのに、陽子ときたら、つけつけと遠慮のない物言いで、しかもきついことを言ってくれるのだ。

「へたくそ」

「根性無し」

「やる気あんの？」

この三つのうちどれかひとつ、あるいはすべてが、練習のたびごとにメンバーに対して投げつけられたものである。もちろん、これらの言葉を人一倍賜ったのは、美久と知寿子であった。

「あっ、あの、過労死って……」昔の癖が出て、ついびくびくした口調で美久は言った。「私、あの、心不全って聞いたけど」

片桐陶子からの情報である。

「馬鹿ね」冷ややかに陽子は言った。相変わらず、彼女の口調は棘《とげ》の生えた鞭《むち》のようだった。「心不全なんて結果であって、病名でも何でもないわ。チーズの心臓が弱かったのは事実だけど、日常生活に差し支えるようなものじゃなかったし、スポーツだって無理さえしなきゃできたわ。ちゃんと監督宛に出された診断書を見たんだから、それは確かよ」

「……そんなプライベートなもの、見たの？」

その心臓の弱い子に、「へたくそ」だの「根性無し」だの、容赦ない罵声を浴びせたのはどこの誰よ――そんな反感が、ちらりと頭をもたげた。

「監督に見せられたのよ」陶子がそっと口を挟んだ。「部長と副部長は見ておいた方がいいっていう判断でね」

「むやみと気にしたり、特別扱いする必要はないけど、一応含んでおくように……そういう話だったわ。聞いといてよかったとは思う。ほら、あの子ったら、自分の心臓のこと、タチの悪いギャグに使ったりしてたでしょ？」

美久はうなずいた。『うっ、心臓が』などと叫んで胸を押さえ、うずくまる、なんてことを知寿子はよくやっていたのだ。かと思うとへんに意地っ張りで、体調が悪くてもそれを理由に部活を休むようなことはしなかった。それでいて『買い物に行く』とか『映画を観に行く』などの理由で堂々と練習をさぼっていたのだから、どうもよくわからない。

「それにしても、あのチーズが死んじゃうなんて、ね」

美久がつぶやくと、他の二人はそろってうなずいた。

「労災とかって話になるのかな。よく裁判にまでなったりするじゃない？」さすがに声を低めて、陽子が言った。「でもまあ、今どき九時十時まで残業なんてめずらしくもないけど」

「ええっ、そうなの？　女の子なのに？」

美久が驚いて声を上げると、ワーキングウーマンたちはそろって苦笑めいた表情を浮かべた。

「私はそんなでもないけどね。せいぜい二十日締めと月末締めの前後くらいかな、夜遅くまでかかるのは」

陶子が小声で言うと、陽子はまるでいばるみたいに宣言した。

「こっちは連日、電車の動いている時間になんか帰れないわよ」

陶子はメーカーに、陽子は大手出版社に勤めていると聞いている。

「そんなあ、私だったら死んじゃうわ、きっと」

思わず言ってしまってから、はたと口を押さえた。陽子はいささか人の悪い笑みを浮かべて言った。

「そうね、カンちゃんだったら、そうかもね」

4

読経と焼香が始まった。頃合いを見て列に並び、せかせかと抹香を香炉に落とした。煙がもくもくと上がって、目にしみる。一度で良いものか、それとも三度ばかりするべきなのか、いつも迷う。前の人の所作を見ていても、まちまちなことが多い。結局二度で止めて、合掌し、遺族席に深々と礼をしてから下がった。顔を上げるとき、ちらりと知寿子の兄という人を見やった。自分の爪先だけを一心に見つめているように見えた。

人混みを抜けたところで、女の人から「どうぞお清めを」と声をかけられた。二階の部屋で、簡単な食事や飲み物の用意があるという。ためらっていると、陽子が断定的に言った。

「行きましょう。わざわざ声をかけてくださったんだから、一口でもいただいていくのが礼儀よ」

家で赤ん坊が待ってるの、とは言い出せなかった。そのまま帰ったら、礼儀知らずと糾弾されそうだった。

教えられた部屋に行き、遠慮がちにいなり寿司をつまんでいると、焼香を終えた元チームメイトたちが集まってきた。

「みんな、来てくれてありがとう」

ふいに陶子が生真面目な口調で言った。ちょっと困ったような沈黙が流れた。

「来てくれてって……そんな、当たり前じゃないですか。陶子さんこそ、連絡してくれて、ありがとうございます。教えていただかなきゃ、チーズ先輩にお別れも言えないところだったわ」

優しい声でそう言ったのは、善福佳寿美《ぜんふくかずみ》だった。彼女は二年後輩だが、入部直後からキャッチャーという大役を任されていた。当時の部員数では、入部即レギュラーにせざるを得なかったという事情はさておき、中学時代にやっていたというだけあって、佳寿美のキャッチャーはなかなかのものだった。

『佳寿美ちゃんのおかげで、思い切り投げられるようになった』

そう陶子が漏らしているのを、美久は聞いたことがある。

その頃、ソフト部内では先輩後輩関係無しに、皆、陶子のことを〈陶子さん〉と呼んでいた。唯一の例外は陽子で、最上級生になってからの彼女は誰のことも呼び捨てか、あだ名で呼んでいた。

「さすがに九人全員は無理だったみたいね」そう言った坂田りえもやはり、二年後輩組である。陶子らが三年生だったとき、新入部員は佳寿美とりえの二人きりだった。その翌年はゼロだった、と聞いている。それきり、廃部になってしまった。

「誰が来ていないのかな」りえは指折り数え、ああとうなずいた。「長瀬さんだ。あと一人は誰だっけ……」

言いかけて、りえははっとしたように黙りこくった。そして気まずげにうつむく。

誰もフォローのしようがなかった。そこにいないもう一人のメンバーは、白菊や胡蝶蘭に囲まれた祭壇の上で、にっこりと微笑んでいるのだ。

「ビールでも、飲もか」

気の抜けたような声で、陽子が言い、陶子のグラスになみなみと注いだ。喉が渇いていたのか陶子は一気に半分ほど飲み干してから、ため息をつくように言った。

「おかしいな。私に電話くれたの、里穂《りほ》ちゃんなんだけどな」

「長瀬さん、チーズ先輩と仲良かったですもんね」

口の傍にビールの泡をつけて、佳寿美が言った。

皆がお酒を飲んでいるのが、何だかひどく奇妙に映った。とはいえ、ここにいるのはかつての高校生ではない。みんなオトナなんだから、別に後ろめたく思ったりすることはない……。

いつの間にか自分にそう言い聞かせていることに気づいた美久は、一人苦笑した。

「こら、へらへらするんじゃないの」陽子がビールの入ったグラスをぐいと突きつけて言った。「ほれ、お飲み」

「あ、でも私、授乳中だから……」

「そうか、お子ちゃまが生まれたんだっけね」陽子のやや険のある目が、ふと和んだ。

「あんたがママねえ……なんか不思議。あれ、ひょっとしてこの中で主婦やってんのって、カンちゃんだけ？」

「私も一応、結婚はしてます」三好由美子は——現在では違う名字になっているはずだが——言い、それからごく何気なく付け加えた。「専業主婦ってわけじゃないけど」

由美子はただ、事実を述べたに過ぎないのだろう。彼女はごくさばけた性格の女の子だったから。だが、美久にはその場がなぜか、ひどく居心地悪くなっていた。

「ミュータン、結婚してたんだ」

「ね、相手はどんな人？」

好奇心に満ちた、複数の声が上がった。他人のロマンス話も、より新鮮なものがいいということなのだろう。高校二年のときでさえ、文也と美久の仲はほぼ公認になっていて、いまさら新婚生活について聞かれるはずもなかった。

夫と娘の様子が気になったので、夫から借りていた携帯電話で家にかけてみた。今頃はてんてこ舞いで、音を上げかけている頃だろう。「早く帰ってきて」と美久にＳＯＳを伝えるはずだった。

案に相違して、わずか数コールで出た夫は上機嫌だった。

「やっぱりお袋に来てもらったんだ。ミルク飲ませて、離乳食も食わせて、今、風呂に入れてもらってる。だからゆっくりしといでよ」

プシュッと、缶ビールのプルトップを開けるとおぼしき音がした。

何だか白けた気分で通話を終え、手許のグラスを傾けると、口の中に苦い味がいっぱいに広がった。しまった、と思ったし、ちっとも美味しくなかったのに、そのまま飲み干してしまった。

「あれ、カンちゃん、ビール駄目って言ってなかった？」

お目付役の陽子がびっくりしたように言う。

「いいの、もう」

何がもういいんだか、自分でもわからなかった。胸が張って、ひどく痛んでいた。すぐにでも飛び帰って授乳してやりたかったが、既に美也はミルクを飲ませてもらっている。そして今、義母とともにお風呂に入っている。美久がいなくても、何の問題もない。

ふいに、涙がにじんだ。一度頬を伝ってこぼれ落ちると、あとは止めどもなかった。

突然おいおいと泣き出した美久を、かつての仲間は戸惑ったように見つめていた。

「美久先輩って、泣き上戸だったんだー」

誰かが言い、他の誰かがそれをたしなめるように鋭くつぶやいた。

「馬鹿」

そう言ったのは陽子らしかった。

確かに、通夜の席で泣いていればその理由は一目瞭然だ。これほど涙にふさわしい時と場はない。事実、美久の涙は伝染し、他の何人かもすすり泣き始めた。端《はた》から見れば、さらに涙を誘う光景だったかもしれない。

しかし、美久は何と思われようと、どうでもよかった。

どうせほんとのことなんて、誰にも、永遠に、伝わりっこないのだ。

5

ドアベルが鳴った。

インタホンで確認する手間も惜しんで、美久は玄関に走った。そこに立っていたのは、間違いなく片桐陶子だった。生成《きな》りのワンピースに民芸調のネックレスを合わせただけの、いたってシンプルな装いだったが、よく似合っていて素敵だった。

「はい、お土産」

ぽんとケーキの箱を手渡された。美久は「きゃあ、ありがとう」と叫んで受け取った。甘いものには目がない美久なのだ。

「それから、これも」

続けて渡された紙袋には、中身が詰まっているとおぼしき、ずしりと重たい瓶が入っていた。蓋にはピンキング鋏で四角く切ったプリント生地が被せてあり、その上から可愛らしくリボンで飾られている。

「なあに、これ?」

「オレンジ・ピール」

にこりと笑って陶子が説明した。「うちの庭に夏みかんの木があってね、その実で祖母がこしらえたの。夏みかんだから正確にはサマー・オレンジ・ピールかな。そのまま粉砂糖をかけて食べてもいいし、スライスしてアイスクリームに混ぜても美味しいわよ」

「わあ、ありがと」美久は弾んだ声を上げた。「陶子さんのお祖母さんって、お料理上手だものね。試合のとき、持ってきてくれたちらし寿司、ほんと美味しかった」

「伝えとくわ。実を言うと、もらってくれると助かるのよ。これ、まだあと三瓶もあるんだから」

「そんなに作ったの？」

「うちの祖母ももういい歳だから、カルシウムを摂《と》らなきゃいけないって、毎日プレーンヨーグルトを食べているんだけどね、あれって必ずお砂糖が付いてるでしょう」

「ああ、あの小さい袋に入った」

「あれがね、すごく溜まっちゃったのよ。そしてね、毎年夏みかんが山ほど実るのはいいんだけど、陽当たりのせいかしらね、すごく酸っぱくって、他人様《ひとさま》にあげられるようなものじゃないのよ。とはいっても、腐らせるのはもったいないでしょ？　あの世代の人には、食べ物を捨てるなんて発想はないしね。それでせっせとピールを作ったりしてるわけ」

「オレンジ・ピールもいいけど、マーマレードの方が簡単じゃないの？」

無農薬のオレンジが手に入ったとき、一度ピール作りに挑戦したことがあった。とにかく手間暇がかかる。少しずつシロップの濃度を高めては一昼夜おく、という工程を、なんと五度も繰り返すのだ。フルーツケーキに焼き込んで良し、クッキーに載せて焼いても良し、それに陶子の言うようにアイスクリームに混ぜても良しと、美久のような甘党には嬉しいお土産だ。

「一時は散々作ってご近所に上げたりしたからね、飽きちゃったみたい。ちょっと目先の変わったものを作りたかったみたいよ」

「なるほど」美久はうなずいてから、気づいて慌ててスリッパを出した。「ごめん、私ったら玄関先で。遠いところ、それも貴重なお休みに、ようこそいらっしゃいました」

深々と頭を下げると、陶子も馬鹿丁寧にお辞儀を返してよこした。

「いえいえ、こちらこそ新居にお招きいただきまして」

二人してくすくす笑いながら、リビングに向かう。陶子は周囲を見渡しながら、「素敵な家じゃない」と言った。

「狭いし、駅からも遠いけどね」

思わずそう返してから、素直に「ありがとう」と言っておけばいいのにと後悔する。

「その若さで一戸建てとは大したものよ、カンちゃんもブンヤ先輩もね」

高校時代、文也を音読みして散々ブンヤ先輩ブンヤ先輩と呼んでいたのは、他ならぬ美久自身である。しかし今となってはやけに懐かしい響きだった。

「ありがと」今度は素早く言ってから、美久は話を変えた。「今ね、美也は寝てるの。だからゆっくりお話しできるわ。お茶淹《い》れるね、紅茶でいいかな。あ、どうぞそこ、坐って」

「うん」と答えたものの、陶子はまずベビーベッドに近づき、そっと覗《のぞ》き込んだ。

「初めまして」

赤ん坊相手に、律儀に挨拶《あいさつ》をしている。そして振り返り、にこりと笑った。

「かわいいね。カンちゃんそっくり」

「寝てるときはほんと、天使なんだけどね」

「それじゃ、起きてると？」

「大魔神……ていうか、ちび魔神かな」

美久が言い切ると、陶子がめずらしくぷっと吹き出した。

「いいお母さん、してるじゃない」

テーブルについた陶子の前に、美久はケーキの皿と紅茶のカップを並べた。

「そうなのかなあ……」

「この家を見たら、なんとなくわかるよ。なんか、羨ましい」

意外な発言だった。

「陶子さん、赤ちゃん欲しいの？」

「うーん、どうだろ」陶子は生真面目に、首を傾《かし》げた。「自信ないなあ、なんだか」

これまた意外な発言だった。どんな強豪チームを相手にしても、決して怯《ひる》むことがなかった陶子である。

「なんて言うのかな、カンちゃんは美也ちゃんのことを好きでしょ」

「もちろん」

「ブンヤ先輩のことも」

「そりゃあ……」

「そういう〈好き〉がね、なんかよくわからないのよ」

美久は首を傾げた。その二つの〈好き〉は、厳密には違うものじゃないかという気がした。だが、美久が何か言う前に、さらに陶子は言った。

「この間、カンちゃんは先に帰っちゃったでしょ。後でチーズのお母さんから、言われたの。娘のためにあんなに泣いてくれてありがとうと、お伝えくださいって。そのときね、気づいたの。ああ、カンちゃんもお母さんだったな、って。それも、女の子の」

美久はケーキを口許に運びかけた手を止め、少しためらってから言った。

「もちろん、私が泣いたのにはそういう部分もあるかもしれないけど……でも、違うの」

陶子はわずかに眉をひそめた。

「ひょっとして、陽子のこと？　あの子、確かに言い方はきついけど、悪気はないのよ。それにあれでも、カンちゃんのことは好きなのよ」

「ううん、それも全然関係ないわけじゃないけど、でも、違うのよ」

「どうしたの？　なんか、変よ。いつものカンちゃんらしくないわ」

「あのね、ほんと言うと今日来てもらったのはね、陶子さんに懺悔《ざんげ》したかったからなの」

「懺悔？」

「うん」美久は大きく息を吸ってから、言った。「――もし、私があんなことをしなけりゃ、チーズは死なずにすんでたかもしれない」

6

陶子はわずかに眉を上げただけだった。

「あんまり低レベルな話だから、陶子さんは覚えてないだろうけど、私とチーズって、けっこう真面目にポジション争いしてた時期があったのよ」

やはり記憶になかったらしく、陶子は首を傾げて聞き返した。

「その守備位置って？」

「ライト」

くすりと笑われ、美久は憤然と顔を上げた。

「当人にとっては、切実な理由があったんだから」

「そうね」と真顔に戻って陶子はうなずく。「何しろ未来の旦那様に、一番近い場所だったんですものね」

美久は真っ赤になって叫んだ。

「やだ、知ってたの？」

「だってカンちゃんが練習中にエラーするのって、たいていそれが原因だったじゃない。でもそのことが、どうしてチーズと関係あるの？」

「あのね、これも覚えてないと思うけど」ゆっくりと美久は言った。「私さ、一年の秋頃、髪形変えたでしょ。髪切ってさ、ソバージュっぽくしたの」

校則が緩やかなのが取り柄のような学校だった。

「それは覚えてる」ようやく、陶子は言った。「何だかチーズと雰囲気が似たなって、思ったわ」

「似たんじゃなくて、真似たの、最初から。チーズの場合は天然パーマだったけどね。ほら、私たち、もともと背格好は似てたでしょ。だから遠目に見たら、きっと見分けがつかなかったわ。ううん、つかなかったのよ。だって後で確認したから」

「後って？」

「私たちが付き合いだした後」

陶子はアーモンド形の大きな目を、心持ち見開いた。

「文也は今、コンタクトを入れてるんだけど、当時からそんなに視力は良くなかったの。授業中には眼鏡をかけてたくらい。だけど当然、サッカーの練習中になんて、危なくて眼鏡をかけられないわよね。実際、それで困るっていうほど悪かったわけでもないの。

ただ、グラウンドの向こうっ側にいる女の子の顔までは見分けがつかないってくらいで」

「つまり、ブンヤ先輩が最初に好きになったのは、カンちゃんじゃなくてチーズだったってこと？」

いつまで経っても結論にたどりつかないと見たのか、陶子が素っ気ないくらいにシンプルに要約してくれた。自分で重々承知している事実でも、改めて他人に言われると胸に刺さるものがあった。

「……そういうこと。あの子がエラーしたときのオーバーなリアクションとかが面白くて、何となく見てたらしいのよね。私、最初からそれに気づいてたの。だって私、グラウンドで見かける前から、文也のこと好きだったから。でも文也はいつも、ライトにいるチーズのこと見てて。このままじゃ、取られちゃうって思ったの。だから、髪形を変えて、ポジションも強引にチーズと交代制にしてもらって、チーズの真似ばかり、してたわ。結局、文也が声をかけてきたのは、私の方だった。たまたま、エラーしたボールを追いかけて行ったときに」

あのとき文也はニコリと笑いかけて、言ったのだ。ねえ、今度の日曜日、ヒマ？　と。

――あんまり胸が苦しすぎて、とっさに返事もできなかった……。

「……二分の一の確率に賭けて、私は勝ったの。もし、私があのときの賭けに負けていたら、今、文也と結婚してこの家にいたのはきっとチーズだったわ。そしたらあの子は会社で過労死するまで働かずにすんでたはずよ」ぽろり、と涙がこぼれた。「好きだから、負けたくなかったの。あの子の方がずっと可愛くて、魅力的だから、少しぐらいズルしたってかまわないって思ったの」

「そういうこと、か……」

陶子のつぶやきに、美久は涙に濡れた顔を上げた。

「ちっとも変わってないね、カンちゃんは。相変わらず、思い込みが激しいんだから。どうしてブンヤ先輩がチーズと結婚してたに違いないなんて、決めつけられるんだか」

「だってチーズも彼のことが好きだったのよ。付き合いだした後で、チーズに言われたわ。『残念、私もブンヤ先輩のこと、好きだったんだけどな』って」

陶子は苦笑めいた表情を浮かべた。

「カンちゃんみたいなタイプは、もしかすると思い込みを肯定してあげた方が安心するのかもしれないわね。でもね、私はそれほど親切じゃないの」

「どういうこと？」

頰を膨らませた美久を見て、陶子はくすりと笑った。

「チーズはね、クラスの子が別な男の子と付き合いだしたときにも、同じこと言ってたわ。リップサービスのつもりだったのかしらね。本気で言ってたわけじゃないと思うの」

「だけど……」

「仮にチーズの言ったことが本当だったとしてもよ……」

だからといって結婚してたとは限らない。たとえ結婚してたとして、やっぱり彼女は二十五で亡くなっていたかもしれない。

陶子はそう続けるつもりだったのだろう。

そのとき美久が「あ」とつぶやいたのは、そうと予測した上での無意識の回避だったのかもしれない。美久はだんだん、自分が陶子に何をして欲しいのか、どう言って欲しいのか、わからなくなってきていた。

陶子は美久の視線を追ってくるりと振り返った。

ガラス戸の前を、お隣の少年が横切って行くところだった。視界から消える直前、彼はいつもどおりの、瓶詰めのピールみたいに甘くてきらきら光る微笑みをこちらに向けた。

「彼がどうかしたの？」

不思議そうに陶子が尋ねた。

「お隣の、男の子。なんかいっつもねー、こっち見て、にやにや笑うのよね。居心地悪いったら」

わざと怒ったように言ってみたが、本音は違った。ひょっとしたら陶子は、「あなたに気があるんじゃない」とか何とか、そんなようなことを言ってくれるのじゃないかしら、という期待もあった。

だが、しばらく少年の消えた空間をまじまじと見つめていた陶子は、やがてにこりと笑い、しかし思いがけないことを言った。

「大丈夫よ」

「大丈夫って、何が？」

「あのね。こういうボイルカーテンって、透けて見えるけれど、案外と遮蔽効果は高いものなの」

「え？」

「つまりね、中から外はよく見えても、外から中はほとんど見えないものなのよ……夜ならともかく、ね。それにこの光の向きだと、向こう側からはガラスはまるで鏡みたいに見えてるはずよ。ほら、よくお店のショーウィンドウで自分の服装や髪形をチェックしたりするでしょ？　あれと一緒よ。彼もお年頃なのね」

「あ……」

つぶやいたきり、美久はみるみる赤くなった。

美久の頭の中で凝り固まっていたものが、ふいにぱっと弾けた。

——馬鹿みたいだ、私。

ようやく、気づいた。

単なる、自意識過剰の独り相撲だった。少年のあの微笑みは、すべて彼自身に向けられていたのである。

あの少年に微笑まれるたび、初恋のことを思い出して胸をときめかせていた自分が、とんでもなく愚かに思えて情けなかった。

考えてみると、その初恋のときでさえ、文也は本当には美久のことを見ていなかったのだ。少なくとも、最初の頃は。

長い間ずっと、そのことが哀しかったし、それ以上に後ろめたかった。自分が幸せであればあるほど、チーズに申し訳ないと思っていた。

そうこうするうちに、チーズはあっけなく死んでしまった。

チーズから美久が奪い取ったのは、文也だけではなかったのではないか？　彼女の、後何十年かあったかもしれない〈生〉までも、喪《うしな》わせてしまったのではないか？

そんな思いは、チーズの死を知った瞬間から、美久をさいなんでいた。

苦しくて苦しくて苦しくて、だから思い切って陶子に打ち明ける気になったのだ。

しかしそれもまた、やっぱり美久の独り相撲だったのかもしれない。少なくとも、その可能性を自ら葬り去らないだけの余裕が今、ようやくできた。

いつだったか、陽子から『独善的』だと評されて、深く傷ついたことがある。陽子の言葉が痛いのは、それが常に否定しきれない真実を衝いているからだ。

美久の内心を知ってか知らずか、陶子はしみじみとした口調で言った。

「それでさっきの話だけど。チーズはね、今の仕事がほんとに好きだったのよ。前に会ったときに言ってたわ。『私って、どうしてこんなに仕事ができるのかしら』って」

ふいに、美久の口から発作のようにして笑いが漏れた。場違いな笑いだという自覚はあったが、おかしかった。あまりにもチーズらしいセリフだった。おかしくて、目尻に涙が浮かんだ。

やがてどちらからともなく二人の話題は、亡くなった元チームメイトから離れた。途中で美也が目を覚まし、二人して大騒ぎしながらおしめを替えたり授乳したりした。

しばらくして、陶子は「そろそろ……」と立ち上がった。そのとき美久はふと思いついて言った。

「余った夏みかんのことだけど……」

「え？」

陶子が首を傾げた。

「お風呂に入れてみたら？　ほら、柚子湯《ゆずゆ》みたいにして。無農薬なんでしょ、きっと香りが素敵よ」

「そうね、試してみる」

陶子はにっこりと笑った。とても魅力的な笑顔だった。通夜の席で再会したチームメイトたちも、それぞれとても綺麗になっていた。化粧の仕方も板に付き、オトナの女の装いを覚え、恋に仕事に忙しい……みんな、そういう時期なのだろう。

——よーし、私だって。

脈絡もなく、そう思う。

誰に引け目を感じることもない、堂々たる素敵な専業主婦になってやる。

それは、誰よりも自分自身に向けた宣誓だった。

思えばいつだって場違いなところにいた。運動音痴のくせにソフト部に在籍し、短大では好きでもない国文学を学び、性に合わないＯＬをやっていた。そのせいで、誰からも、何となく軽く見られていた。

だが、今いるこの場所は違う。確かに、自分のいるべきところだ。

苦い思い出も、酸っぱい記憶も、砂糖を加えて根気良く煮詰めていけば、いつかは香り高いピールができあがる。そう、信じたかった。

玄関口で手を振る陶子に、美久は夫がやっていたようにして、美也の小さな手を振ってみせた。

陶子はもう一度微笑んでから、小気味の良い靴音を立てて帰って行った。

「夏みかん、か」

意味もなくつぶやきながら、美久は瑞々《みずみず》しい宝石のようなサマー・オレンジ・ピールをスライスして、そっと舌の上に載せてみた。

甘くて少しほろ苦い味が、口の中で滲むように広がっていった。

スカーレット・ルージュ

1

キツい女、とよく言われる。

自分でもそれは重々自覚していたし、実際それでずいぶん損もしてきた。過去における二度の恋愛で、それぞれ絵に描いたような破局を迎えたのも、結局はその性格が原因だったと、当時はともかく今なら思う。

思いはするが、だからといってその気性を何とかしようとはかけらも思わない。二十五にもなってしまえば、そうそう性格なんてものは変えられやしない。というよりも、二十五年という時間そのものが、現在の小原陽子その人を形成したのである。四半世紀という歳月には、その仰々しい呼び方にふさわしい重みがあるのだ。

赤いルージュを塗り終えた陽子は、鏡の中の自分を改めて見やった。

自分がいわゆる化粧映えのする顔立ちであることに気づいたのは、成人式の朝、美容院で着付けとヘアメイクをしてもらったときのことだった。それまで歳相応のしゃれっ気なぞ皆無だったから、すっぴんで出かけて行った。太く濃く、男っぽかった眉を整えるだけでも、顔立ちはずいぶん変わる。二十歳の陽子は、どこか他人事《ひとごと》のように、しかし実際には非常に興味深く、鏡の中の自分を見守っていた。ファンデーションで下地を塗り終え、色を差す段になると、美容師は『あらあらあら』と小さくつぶやいた。

『お着物に合わせてこの色を選んだんだけど』中年の美容師は、緋色の紅を含ませた筆を持ったまま、当惑したように言った。『ちょっと色っぽすぎたかしら？』

ほんの少し、唇と頬に色を載せただけである。なのに美容師が言うように、鏡の中には必要以上に色っぽい、そして新成人の初々しさなどはかけらもない女がいた。

そして陽子は、生まれて初めて鏡に映った自分のことをきれいだと思った。

ただし着物の方は、お世辞にも似合っているとは言えなかった。メイクアップを施した陽子の顔は妙にバタ臭く、その上、身長は百七十センチもある。客観的に言って、外国人女性がニッポン土産のキモノを着ているような、どうにもちぐはぐな感じがした。だがせっかく着付けてもらった着物を脱ぎ捨てるわけにもいかず、ぶしつけな人々の視線を避けるようにこそこそと待ち合わせ場所に向かった。途中、頭の悪そうな茶髪のあんちゃんに口笛を吹かれたりして、それは不愉快ではあったものの、でもやはりどこか嬉しい気持ちも少しはあり、陽子もまた、紛《まご》う方なき女の一員なのだった。

先に着いて待っていた女友達は、近づいてくる陽子を、ポカンと口を開けて見守っていた。そして開口一番に言った。

『大人っぽーい。なんか、そのまま銀座のホステスになれそうな感じだね』

失礼な女だ、と思った。それで間髪を容れず、こう言い返してやった。

『あーら、あなたこそ、可愛いじゃない。七五三みたいで』

下ぶくれの童顔と扁平な胸を密かに気にしていたらしい彼女は、そのままむっつりと黙りこくってしまった。

自慢ではないが、友達を無くすのは得意な陽子である。

持って生まれた性格のせいで友達の一人や二人、失ったところでなんら痛痒《つうよう》を感じない陽子ではあったが、これが仕事となると話は全然別である。

陽子は洗面所の鏡に向かって、にこりと微笑んでみた。これから仕事で、初対面の人間と会うのだ。ここまでたどりつくのに、ありとあらゆる手段と人脈とを駆使している。だからなおさら、相手に好印象を与えたかった。社会人になって三年、スーツも愛想笑いも板に付いてきた。必要とあれば歯の浮くようなおべんちゃらだって言えるし、思いの丈を熱烈に語ることだってできる。

陽子は会社の洗面所を後にすると、地下鉄を乗り継いで待ち合わせの喫茶店に向かった。

相手の名前は嶽小原《たけおはら》遥《はるか》という。人を介してようやくアポイントを取りつけた。どこで会うかはそちらで決めてくれという話だったので、陽子が指定した店だ。駅の真正面のビルにあり、わかりやすい。料金は高めだが、その分空いている。コーヒーも紅茶もポットで出てくるから、長居もしやすい。打ち合わせ向きの店だった。

カウベルを鳴らしてドアを開け、店内をひと渡り眺めたが、どうやら目指す相手はまだ来ていないらしかった。当然だ。まだ時間まで二十分もある。

注文を済ませると、陽子は大きなショルダーバッグから出した小説誌を、テーブルに置いた。さらに新刊本を取り出す。地下鉄の中でも読んできた。あと少しで読み終わる。昔から、集中力には自信があった。だからその人物が、いつから傍らに立っていたのか判然としない。

とにかくふと気づいたとき、目の前に、もさっとした感じの小柄な男がいて、何やら友好的な笑みを浮かべていた。陽子が入店したときにはすでに奥の席にいて、じっと陽子を見たようでもあった。改めて見てみると、色の落ちたジーンズに首周りの伸びたトレーナーという格好はそこいらの貧乏学生っぽかったが、にしてはやや薹《とう》が立っている気もする。もし学生なら、入るときによほど苦労したか、もしくは留年を繰り返しているかのどちらかだろう。

「あの、ここに」と男は陽子の向かいの席を指差しながらおずおずと言った。「移ってもよろしいでしょうか」

口調は控えめだったが、言っていることは厚かましいことこの上ない。

さてはナンパか。

「相席はちょっと……困ります」

絶対零度の冷たさで、陽子は言った。男はやや怯んだようだったが、それも一瞬のことだった。

「その本」話の接ぎ穂を見つけたというように、相手は妙に嬉しげに言った。「面白いですか？」

「仕事で読んでいるんです」

ぴしゃりと言ってやると、

「ああ、そうですか」

相手はしょんぼりとうなだれた。

「席は他にいくらでも空いているでしょ？」うんざりしながら、陽子は言った。「もうすぐ連れが来ますから、さっさと向こうへ行っていただけません？」

よほど鈍いのか、厚顔なのか、ここまで言っても相手はいっこうに引き下がる気配がない。

「あの、実は……」

男がそう言いかけるのを遮って、陽子はばんとテーブルを叩くなり、立ち上がった。

「しつっこいわね、連れが来るって言ってるでしょ」

男は目をぱちくりさせ、それからなぜか笑い出した。

「いえ、その、あなたのお連れというのはたぶん、僕のことじゃないかと思うんですが」

「は？」

「自己紹介が遅れました。僕は嶽小原遥です。えっと、つまりその本の、作者です」

2

「——先ほどは、大変失礼いたしました」

席に落ち着くなり、陽子は深々と頭を下げた。

場所を変えている。時間はまだ早かったが、さっさと食事の店に移ったのだ。とてもじゃないが、先刻の喫茶店にそのまま居続けるのは恥ずかしかった。何しろ、店中の視線が二人に集まっていた。当分あの店には行けないぞ、と陽子は思う。

「いえ、さっさと名乗らなかった僕が悪いんですから……」

恐縮したように嶽小原は頭を掻《か》いた。

そうだ、あんたが悪い。

内心で、陽子は毒づく。明らかに、彼はあの状況を楽しんでいた。ずいぶん人が悪い、とも思う。思いながらも、相手以上に恐縮してみせる。

「私、編集部内じゃ火の玉娘と呼ばれているんですよ。ほんとに、申し訳ありません」

「火の玉娘か」相手はくすりと笑った。「ぴったりですね。あなたと喧嘩《けんか》をするのは止めておいた方が利口かもしれない。どう考えても分が悪そうだ」

まさかそんなあと笑いつつも、頬のあたりが引きつってしまう。

「私ったら、てっきり女の方だとばかり思っていて……それにまさか、こんなお若い方だったとは」

嶽小原遥はデビュー後三年になる小説家だった。某社の新人賞を受賞した処女作はなかなかの話題になり、ベストセラーとまではいかないものの、新人としては相当に売れた。執筆ペースは悠長そのもので、ごく最近出た新刊でようやく三冊目だ。未だ最初の一社としか付き合いがなく、文学賞がらみのパーティにもまったく出てこない。相当に気難しいという噂《うわさ》もある。

彼女、いや彼はいっさいのプロフィールを公開していない。その上、あらゆる交渉窓口をデビューした出版社に置いていて、ご当人が表に出てくることはまったくなかった。その作品や文体から、陽子が思い描いていたのは、四十前後の知的なインテリ女性だった。詩的で繊細な容貌と、鋭い針のような頭脳とを持っている。そののんびりとした執筆ペースからは、経済的には満たされた、上流階級の出であることが窺《うかが》える。バカラのグラスに高価なワインを注ぎ、それを片手に執筆に耽《ふけ》る日々……。とまあ、そういったイメージである。これは何も陽子一人の思い込みではなく、読者にしろ編集者仲間にしろ、そうした印象を抱いている者は多い。なのに……。

——全然違うではないか。

陽子は目の前の小柄な男をきっとにらみつけたが、はたと気づいて無理矢理笑顔に作り直す。幸い、相手はメニューを覗き込んだまま顔も上げず、「いやあ」と言った。「実は遥と書いてようと読ませるはずだったんですけどね、手違いで……それに、そんなに若くもないです。三十三ですから」

「ホントですか？　もっと全然、お若く見えます」

学生さんかと思いました、とまで言ってしまうのは、やはり失礼だろう。

「あなたはおいくつですか？」

「いくつくらいに見えます？」

良くない趣味と知りながら、わざと逆に尋ねてみた。陽子は年齢相応に見られた例《ためし》がないのだ。

案の定、自信なさそうに嶽小原は言った。

「どうも、女の人の歳はわからないからなあ。二十七、八くらい？」

「まあ、大体そんなところです」

陽子は曖昧《あいまい》な答え方をした。普通、人はこうしたシチュエーションでは、実際に思ったよりも若干若い年齢を口にするものだ。となると、二十八、九に見積もられたことになる。だが、それで全然かまわなかった。作家によっては、若い編集者を信用してくれない人もいるのだ。編集者とはある意味で特殊な技能職だから、それもやむを得ないとは思う。が、未熟な部分は熱意とセンスで補えるとも思う。だから余計、年齢ごときで端《はな》から低い点数をつけられたくはないのだ。

「新作、拝読させていただきました。大変面白かったです」

まずそこから話を切り出す。

「おや、まだ読み終えていないのではないですか？」

悪戯《いたずら》っぽい目をして相手は言う。陽子はいささかもうろたえることなく、胸を張って答えた。

「再読です」

「それはそれは……」

「お作を拝読するたびに思うのですが、常に現実的な日常の延長から物語が始まっているのに、気がついたらお話がとんでもないところに浮揚していますよね」

デビュー作ではそれが見事に現実的かつ論理的に収束する。だが、二作目になると物語は浮揚したまま現実の平野には戻ってこない。最新作にあたる三作目になるともはや、「どこに行ってしまうんだろう……」という感じである。もちろん、それが悪いというのでは決してない。陽子自身、意表を衝《つ》く展開の連続に、心地よい酩酊感さえ覚えた。

しかし、つかみどころがない、得体が知れないという感は、ますます募る。

「そのきっかけといいますか……」陽子は慎重に言葉を探した。「たとえて言いますと、跳び箱のロイター板にあたるものは、いったい何なんでしょう？」

「ロイター板」嶽小原は少し笑った。「ずいぶん体育会系な比喩ですね。言いたいことはわかりますが、ちょっと説明しづらいですね。ていうか、自分でもわかりませんよ、そんなことは」

素っ気ない返事にも怯まず、陽子はさらに質問を重ねた。

「嶽小原さんはなぜ、プロフィールを公開なさらないんですか？」

相手は困ったように首を傾げた。

「読み手に余計な情報を与えたくないんです」

答えになっていない答えに、陽子も首を傾《かし》げた。嶽小原はもどかしげに言葉を続ける。

「読み手にとって必要なのは作品であって、作者じゃない。違いますか？」

それは明らかに反語を含んだ問いかけだったが、陽子は即座に反発を込めて〈違う〉と思った。

もし、読者がまったく作者を必要としていないのであれば、著者サイン会に押しかける大勢のファンはいったい何なのだ？　編集部に届くファンレターの山は？　インターネット上に小説家が作るホームページが、あれほどに人気を博すのは、なぜなのだ？

だが、陽子はこうした反発を完璧に心の内に押し込めて、ポーカーフェイスを保っていた。少なくとも、そのつもりだった。だが、嶽小原は小さく苦笑して言った。

「それは違うって顔していますね」

「読者が作者を必要としていないんじゃなくて、あなたが読者を必要としていないんじゃないですか」

思わずそう口走っていた。瞬間、しまったと思ったが、嶽小原はにこりと笑い、メニューを示した。

「取り敢えず、注文を済ませてしまいましょう。よくわからないので、お任せします」

二人はフレンチの店にいた。じっくり話をするには向いたところだ。

陽子はウェイターを呼び、コース料理を注文した。

「ワインはどうされます？」

「僕は水でけっこうです」

「では私もお水を」

ウェイターが去った後、嶽小原は申し訳なさそうに言った。

「僕に遠慮なさらず、お飲みになればよかったのに」

「あ、いいんです。私、アルコールってあんまり強くないから」

友人が聞けば大笑いしそうなセリフを、陽子はさらりと口にした。だが、同じくらいあっさりと相手は言った。

「それは嘘ですね」

どうにも調子が狂う。普通は嘘だと思っても、わざわざ指摘しないのではないか？

「さっきの話ですが」と嶽小原は言った。「僕はそこまで不遜ではありません。読者は切実に必要だ……でないと、食いっぱぐれてしまいますからね」

「正直ですね」陽子は笑った。「よくある仮定の質問ですが、無人島にたった一人流されてしまったら、創作活動を続けられるとお思いですか？」

「少なくとも、もがき苦しみながら作品を生み出そうとすることはないでしょうね。自然に生まれてくる可能性はありますが。赤ん坊だってそうでしょう。牛み出すんじゃない、生まれてくるんだ。もちろん、世の中にはさあ作りましょうとばかりに計画的な出産をする人も大勢いる。しかし僕はそういうタイプじゃない。そういうことです」

「おっしゃりたいことは何となくわかりますが……」

「編集者としては寡作の言い訳に聞こえますか？」嶽小原はにこりと笑った。「しかしさっきの無人島の話はちょっとそそられますね。もし、快適な住環境と充分な食料と読みたい本が保証されるなら……」

「ずいぶん都合のいい無人島ですね。でも……」少し気になって、陽子は質問を重ねた。「ひょっとして、人間嫌いなんですか？」

相手はひょいと肩をすくめた。

「単に面倒くさいだけですよ」

「よくそれで小説家が務まりますね」

「務まりませんね。ですから、こういう希有《けう》な機会は活かさなきゃならないんです。協力していただけませんか？」

「は？」

「小原さんのことを教えてください」

陽子はまじまじと相手を見やった。どうやら口説いているわけでもなさそうだった。

「たとえばどんな？」

「何でもいいんですよ。たとえばそうですね、ありきたりですが、最近、何か変わったことはありましたか」

質問されるよりは質問がしたい。そういうことなのだろう。

陽子はしばし考え込んだ。

変わったことは、あるにはあった。だが、こうしてフランス料理をつつきながら口にする類の話題ではない。

しかしそう思ったときにはもう、口にしていた。

「先週、友達が死にました」

嶽小原はナイフとフォークを操る手を止めた。

「同い年の女の子……もう女の子って歳でもないですけど。そのお通夜と告別式に行ってきました。それが、変わったことと言えば変わったことです」

「事故ですか？」

「とは違います。もともと、心臓の弱い子だったんです。だから病死なんですけど、でも、私たちくらいの年齢で亡くなるなんて、ほとんど事故みたいなものですよね」

「失礼ですが、どういうお知り合いだったんですか。同い年ということは、学校絡みの？」

「ええ、高校で同じクラスだったこともありますし、それ以上に三年間ずっと、同じソフトボール部に在籍していました」

「体育会系という読みは当たっていたわけですね。しかし、心臓が弱いのに、運動部に？」

陽子は苦笑した。

「ほんとに、とんでもないですよね。そういう無茶なところのある子でした。亡くなったのだって、仕事がずっと忙しかったせいもあるみたいだし、きっと無理をしたんだわ」

「そういうタイプの方でしたか。部活動でもやっぱり、ずっと無理をしていましたか」

「いえ、それはないですね。どちらかと言えば、かなりマイペースにやっていました。もともと、しゃかりきになったりする子じゃないんですよ……何事に対してもね」

「親近感が湧くなあ」

「そうですか？　私はイライラしましたけどね。チームプレイはもうこりごり」

ついついいつもの、きつい言い方になってしまう。鼻白むかとも思ったが、相手はにこりと笑って聞いた。

「小原さんはその人のことが嫌いだったんですか」

僕のことを嫌っているのか、というふうにも聞こえた。

「そうですね、嫌い……だったのかも。とにかく弱いチームで、負けてばかりいるのが私には屈辱的でしたから。練習して下手というならまだしも、何の努力もしないで、試合に負けてもへらへらしているなんていうのは、ね」

「許せない、というわけですね」

「彼女一人に限りませんけどね」

「小原さんがチームのキャプテンだったんですか」

「まさか」陽子は笑った。「私みたいなタイプの人間はキャプテンには向いていないですよ。あっという間に部員がいなくなっちゃうわ」

「そうかもしれませんね」

嶽小原はうなずいた。

ほんとに正直な人だこと、と陽子は思った。あまり認めたくはなかったが、もしかしたら似たもの同士なのかもしれない。だからきっと調子が狂うのだ。今までに造り上げてきた〈仕事用〉の顔は、こんなに脆《もろ》くはなかったはずだ。なのにちょっと油断すると、完璧なメイクアップの下に隠した、向こうっ気の強い素顔が覗いてしまう。

「キャプテンをやっていたのは、どういう人ですか」

まるで会話が途切れるのを恐れるように、次々と質問を重ねてくる。これは本来なら陽子の役割である。調子が狂う原因は、そこにもあった。

「ピッチャーをやってて、芯の強い努力家タイプ、ですね」

本当は片桐陶子のことを、これっぱかりに要約するのは不本意だ。だが、ここで言葉を尽くしても詮《せん》ないことだ。

「つまり小原さんは、キャプテンのことは嫌いじゃなかった」

「そりゃあね。彼女のことを嫌いな人なんて、いなかったんじゃないかしら。生真面目だけど、融通が利かないっていうんじゃないし、冗談がわからないわけでもない。頭も良いし、面倒見も良かったしね。ときどき、何考えているのかわからないことがあったけど」

「お葬式にはキャプテンも来られていたんですか？」

「ええ、もちろん。キャプテンが全員に声をかけて回ったから、メンバーだった子は、ほとんど来たんじゃないかしら……少なくとも、お通夜にはね。告別式の方は翌日の昼間でしたから、仕事を抜けられなかったり、子供がいたりで、来たのは私と、そのキャプテンと、あと二、三人ですね」

「ほとんど、とおっしゃいましたよね、お通夜にやってきたのは。すると、来なかった人もいるわけですか」

「ええ、いますね、一人」陽子は長瀬里穂の、どこか陰のある顔を思い出していた。「そういえば陶子が……キャプテンの名前ですけど……言ってました。牧さんが亡くなったことを電話で知らせてきたのは長瀬さんだったのに、どうして来ていないのかしらって」

嶽小原はフォークを口許に運ぶ手を止め、ふうむ、という感じで何やら考え込んでいる。それから言った。

「もう少し、詳しい話をお願いしてもいいですか？」

3

牧知寿子と長瀬里穂とは、あらゆる意味で正反対な二人だった。それこそ太陽と月ほどにも、かけ離れていた。それでいて、チームの中でもっとも仲が良いのも、この二人だった。

知寿子は、非の打ちどころのない美人というわけではなかった。下がり気味の目尻だの、やや大きめの口だの、個々のパーツを見ていけば、ファニーフェイスの部類に入るだろう。だが、大勢の中にいると不思議と目立った。要は華があるということなのだろう。また、男子生徒から無闇ともてることでも有名で、そのわりには知寿子に反感を抱く女生徒は少なかった。知寿子のあっけらかんとした性格のためもあっただろうが、彼女の容姿が〈ほどほどに可愛い〉ものであったことも、逆に周囲の好意を引き寄せる結果になったのだろうと陽子は思っている。〈美人過ぎない〉というのは、学校のような閉塞した集団社会においては、むしろ大きなプラス要因なのかもしれない、とも。

知寿子とは対照的に、里穂は地味で目立たない生徒だった。顔立ちは悪い方ではなかったが、いかんせん、表情が暗い。物腰もどこかおどおどしていて、卑屈な印象を与える。いっそはた迷惑なほどに〈明るさ〉だの〈無邪気さ〉だのを辺りにまき散らす手合いが多い中で、里穂の表情の乏しさはどうしてもくすんだ印象を与えがちだ。口数もきわめて少なく、自分から進んで発言するということもない。体育の授業では、バスケットボールではボールの来ないところをうろうろするだけ、バレーボールではお見合いに譲り合い、とにかくチームプレイと球技は徹底的に苦手らしかった。一方、成績の方もあまりぱっとせず、定期試験の答案用紙を返すときの教師の口振りでは、赤点をかろうじて免れているといったところらしかった。ただ、よく本を読んでいるだけあって、国語だけは常にトップクラスだった。運動部にいるよりは文芸部で詩でも書いている方が、どう考えても似合うタイプであった。

その里穂がなぜまた、よりにもよってソフトボール部に入部したのか。その理由は誰がどう見ても、知寿子が入部したからとしか思えなかった。

とにかくよく一緒にいる二人だった。嘘かまことか、「二人で手をつないでいるところを見た」という証言もあった。知寿子と同じ公立高校に入るため、里穂が猛勉強したのだ、というもっぱらの噂だった。陽子の出身高校は、都内でもかなりの進学校として知られる。入学後の里穂があまりぱっとしない成績をとり続けていたところをみると、確かに相当背伸びをして入ったのだなということは想像がつく。

キャプテンの片桐陶子が、二人のことを〈御神酒徳利《おみきどっくり》〉などという古めかしい言葉で評していたことがある。そのときはなるほどと思ったものだが、それと意識して二人を観察していると、陶子の評は必ずしも的を射ていないことに気づいた。知寿子と里穂とは決して対等でも同格でもあり得ない。陶子はごく公明正大な人間だから、人間をランクわけして考えるようなことは決してしない。それが陶子の良いところであり、陽子自身高く買っている部分でもあるが、公正で思いやりに満ちた視線が、常に原寸大の事実を捉えるとは限らないのだ。

少々意地悪なくらいの見方の方が、より真実に肉迫することだってある。陽子は知寿子と里穂のコンビと、よく似た関係を過去に知っている。子供の時分に名作アニメ劇場で見た。

小公女セーラと、小間使いのベッキーの組み合わせだ。

練習の合間の休憩のとき、里穂は麦茶の入ったやかんをまっさきに知寿子のところに持って行き、上級生にこっぴどく叱られていた。用具の片づけやグラウンド整備は、知寿子の分もやると言って聞かなかった。もっともこれには心臓が丈夫でない知寿子には無理はさせられないという、大義名分があった。しかしそれにしても里穂のかしずき方は尋常ではなかった。

入部早々にメンバーに抜擢《ばってき》された陶子や陽子と違い、一年生の間、仲良しの二人はどちらかと言えばマネージャーめいたことばかりやらされていた。知寿子は雑務だろうと基礎練習だろうと、楽しそうに、しかしさほど熱意を込めるでもなくこなしていた。その傍らには常に、幸せにぼうっと輝いているような里穂の顔があった。

華やかな太陽の光を浴びることによってやっと、ぼんやりと頼りなげに輝くおぼろ月――それが、長瀬里穂という女の子だった。

もちろん、その感想を口にしたことはない。いくら陽子とて、思ったことのすべてを表明しているわけではないのだ。

陽子らが二年になったとき、知寿子や里穂と同じ中学の出身者がソフトボール部に入ってきた。三好由美子という名の新入部員は、ちょっと気になる情報を持っていた。

中学時代、里穂がひどいいじめにあっていた、と言うのである。

「あんまり詳しいことは知りませんけど」と由美子は言っていた。「なんか、クラスの女子から徹底的にシカトされてたみたいですよ。けっこう、嫌がらせとかあったり。女子のやることだから、けっこう、陰にこもってたみたいで……ひとつひとつ取り上げたら、別にどうってことないっていうか、『思い過ごしじゃないの？』みたいな感じで。だから親や先生にも言えないですよね。言ったらもっとひどいことになるだろうし。で、まあそんなときに唯一、長瀬さんと口をきいていたのが……」

「チーズだった、というわけね」

陽子は終いを引き取った。

そのとき、他に由美子の話を聞いていたのは陶子だけだった。陽子は由美子に軽く釘を刺しておいた。
「わかっていると思うけど、そんな話を他でするんじゃないわよ」と。
――いじめられる人間には、いじめられるだけの何か悪いところがあるのに違いない。
そんなふうに考える者は、現実に数多く存在する。大の大人の中にさえ。なまじっか
そんな事実を知ってしまえば、「そうか、あの人はいじめてもいい人間なんだ」などと
短絡しかねない人も、やはりいる。必ず、いる。ひょっとすると、チームの中にも。
陽子は別に人道主義者ではなかったが、そんな噂一つでチームが壊れてしまうのは、
まっぴらごめんだった。
由美子は心得顔にうなずいていた。
「わかりました」
由美子にしても、先輩同士の「どうしてあの二人はあんなに仲が良いのかしらね」と
いう素朴な疑問に対する答えを提出したまでで、別段、悪意や他意があったわけでもな
かった。
後で、陶子がため息をつくように言った。
「里穂ちゃんは、オアシスに住み着いてしまったってわけね」
「どういうこと？」
「砂漠でさ、渇きに苦しめられながら、ひとりぼっちで長い旅を続けていたときに、オ

アシスを見つけちゃったら……そこから出たくなくなるっていうか、出られなくなっちゃうのも、何だかわかる気がするなって思ったの」

「チーズがオアシスねえ」陽子は鼻を鳴らした。ことチームの中においてはソフトボールの実力で人間の順位付けを行っている陽子である。知寿子のランクは、きわめて低かった。「あたしなら、オアシスで体力を養ってから、水筒にたっぷり水を詰めて、さっさと砂漠の脱出を図るけどね」

人が赤の他人に対して、そこまで依存してしまうということが、陽子には信じられなかったのだ。甘えや言い訳は嫌いだし、トイレにまで一緒に行くような女の子同士のべたべたした関係は大嫌いだった。

その頃はまだキャプテンではなかった陶子は、にっこり笑って言った。

「陽子なら、きっとそうするでしょうね」

高校三年間を通して、チームで〈同志〉と呼べるのはこの、片桐陶子だけだと陽子は思っている。他のメンバーはすべて、熱意はあっても能力に欠けていたり、まあまあ才能はあっても闘志がなかったり、致命的に根性がなかったり、そもそも体力や適性がなかったり、そんなのばかりだった。

だが、陽子は陶子のことを高く評価し、好意を持つ一方で、明らかに彼女のことが苦手だった。

嫌われることには慣れている。電信柱だのオトコオンナだのといった、独創性に乏しい陰口だってへっちゃらだ。

だが、全部わかっているよ、理解しているよ、とばかりに微笑まれるのは……どうにも、苦手だった。

だからそのとき、陽子は素っ気なく話題を変えた。

「だけどさ、クラスの女子が一丸になってシカトしているときに、一人だけ仲良くしたりして、チーズの方は大丈夫だったのかな」

陶子は「さあ」と首を傾げた。

下手をすればいじめの矛先《ほこさき》が、知寿子の方にまで向かいかねない構図である。

現在の知寿子を見る限りにおいては、そうした翳《かげ》りは微塵もない。

「それに」と陽子は続けた。「そもそもチーズは何だってよりによってソフト部に入ったのかな」

中学時代にやっていたわけではない。そもそも彼女らの出身校にはソフト部はなかったそうだ。三好由美子自身は軟式のテニス部に入っていたという。

「入学してみたら硬式テニス部しかなかったから、ソフトボールにしました」

という、ふざけているんではなかろうなといった感じの説明だった。

ともあれ、何事にも率直な陽子は、いじめのことはともかく、入部の動機について、さっそく知寿子に尋ねてみた。

返ってきた答えがふるっている。

「入学して、最初に声をかけてきたのがソフト部だったから」

早い者勝ちとはまた、由美子以上にふざけた返事だったが、由美子同様、当人はいたって真剣なのであった。

陶子とはまったく違った意味で、陽子は知寿子のことが苦手だった。いつもにこにこと上機嫌で、その上ふざけてばかりいるなんて、常にピエロのメイクアップをしているようなものだ。真意がどこにあるのか、何を考えているのか、表情豊かに見えて実はわからない。

苦手ではない、という意味で言えば、たとえば同学年の神林美久などは、かなり得意な部類に入る。美久の場合、最初はマネージャー希望だったのだが、後に人数が足りなくなって無理矢理レギュラーに入れられた。だから当然、下手っぴいである。そして陽子にきつい言葉を投げつけられようものなら、とたんに塩を振った青菜のようにうちしおれてしまう。そしていつまでもしょげている。ときに恨めしそうな目でこちらを見つめていたりする。

とてもわかりやすい。

陽子のきつい物言いや喧嘩腰の態度は、野蛮で原始的な武器そのものである。他人はどう思っているのか知らないが、陽子としてはかなり自覚的にその武器を用いているつもりだ。鋭い言葉の槍《やり》に貫かれた相手が、どんなふうに反応するか、それをじっくりと見定めた上で新たな攻撃を加えるなり、矛を収めるなりの判断を下す。

だが、その肝心な反応が返ってこなければ、陽子のやり方は棒っ切れを振り回すゴリラそのものになってしまう。もとより人との接し方として、決してエレガントではないことは重々わきまえているものの、といっていまさら他に術《すべ》を知らない陽子としては、ひどく途方に暮れてしまうのだ。

卒業後七年経ち、やはり今、陽子は途方に暮れている。思いも寄らなかった訃報を耳にして。

七年の間、一度も会ったことはなかった。儀礼的に年賀状をやり取りする他は、連絡を取り合うこともなかった。だから最初、嶽小原に知寿子のことを〈友達〉と称したのは、あまり適切な表現とは言えない。陽子の人生にとって、知寿子はいてもいなくてもさほど変わりない人でもあった。ソフトボールのチームという枠組みの中でだけ、大切だった人。

だが、里穂にとっては違ったはずだ。なのに、通夜にも告別式にも現れなかった。

知寿子も里穂も、陽子の理解の及ぶはるか外側にいる。昔も、そして今も。

4

「――つまらない話でしたでしょ？」

話し終えて、陽子は冷めてしまったコーヒーで喉を潤してから言った。

ふたたび場所を変えている。食事をしたフレンチレストランからワンブロックほど先の、喫茶店にいた。

陽子自身はつまらなかったわけではない。自分についての話題ばかりを延々としゃべり続ける手合いは男にも女にもいるが、今ならその気持ちも何となくわかる。たいていの人間にとって、もっとも興味深く、また尽きることのないテーマとは〈自分〉なのだ。同じ理由から、興味のない他人の話はそう楽しくないことも知っている。だから気遣いよりはむしろ、〈自業自得よ〉の意味を込めて、そう言った。

だが、嶽小原は軽く首を振って言った。

「大変興味深かったし、面白かったですよ」

「たとえばどんなところが？」

「たとえば、たいていの女性は年齢よりも若く見られようとするのに、小原さんはその逆だってことだとか。今のお話からすると、実際はまだ二十四、五ですよね。失礼しました、と言うべきでしょうか」

「そんな必要はありませんよ」

陽子は肩をすくめた。

「出版社にお勤めの方はまずたいていは大学を出てらっしゃるから、入社三年目といったところですか。僕もデビュー三年目だから、同期のようなものですね」

朗らかに言われ、陽子はうなずいた。が、内心では首を傾げていた。

同期と言えば同期かもしれないが、作家と編集者とでは、その立場も意味合いも微妙に違う。

作家の場合、帯や宣伝コピーに書かれる文句は〈新人〉から〈新鋭〉に変わる頃だ。だが、編集者に限らず会社勤めの場合、とうの昔に新入社員ではなくなっているが、とうていベテランでもあり得ない。ひどく中途半端な時期だ。

「編集者というのはある種、職人みたいなものですから。やはりベテランと言われる人の方が、どうしたって信頼されます。でも、若いというだけで最初から信頼度が低いのは、やはり納得がいきませんもの」

「それもやっぱり、武装の一つなんですか？」

「そうですね」陽子はきっぱりと言った。「人一倍努力しても埋められないものは、やっぱりあります。何より、自分がどうあるか以前に、人からどう見られるかという問題もあります」

　そこが、高校生の頃と今とで、もっとも変わった部分だと思う。昔なら、他人からどう思われようと平気だった。自分の中でさえ、筋が通っていれば。

　嶽小原はにこりと笑った。それは決して陽子を馬鹿にした笑みではなかったのだが、ふいに陽子は恥ずかしくなった。

「でも、私のことなんかどうでもいいですよ」ややぶっきらぼうに陽子は言った。「それよりも少しは小説の話もしませんか？　先だって、私の担当させていただいているある作家さんがおっしゃっていました。完璧な作品が書ければ、死んでもかまわない、と。嶽小原さんもやっぱり、そんなふうに思われますか？」

「いや、まさか」あっさり言って相手は苦笑した。「あなたの期待するような返事じゃなくて申し訳ないが」

「いえ、そんなことは……」

　ない、という語尾が曖昧に溶けた。

　――あなたは自分が期待するものを人に押しつけてばかりじゃないの！

　ふいに、誰かのそんな叫びが胸の裡《うち》にこだました。女の子の声。あれは誰の声だった？　あの場にいたのは誰だった？

　二人の女の子の顔が、ぼんやりと浮かんでくる。小公女セーラと、小間使いのベッキ

から……。

たぶん、嫌な記憶だったから。言われたことが、否定しようのないほどに図星だったから……。

どうしても、思い出せなかった。それでなくとも、今の今まで忘れていた。

あのとき、ああ叫んだのは、二人のうち、どちらだった？

――。牧知寿子と、長瀬里穂。

「――知寿子さんは、本当に亡くなられたのだとお思いですか？」

ふいを衝かれ、陽子は顔をしかめた。

「どういう意味ですか？」

「不思議には思わなかったですか。高校時代、それほどに知寿子さんを慕っていた里穂さんが、どうして通夜にも告別式にも現れなかったのか。行くことのできない、よほどの理由があったとは思いませんか？」

「ですから」陽子は辛抱強く言った。「どういう意味でしょう？」

「知寿子さんは実は死んでいないかもしれない」

陽子はふっと笑った。が、相手は真顔のままだった。

「怖いことをおっしゃいますね……それじゃ、私が行ったお通夜やお葬式で、お棺の中に入っていたのは誰なんです？　火葬場で焼かれて、骨になっちゃったのは？」

「二ひく一は一だ。違いますか？」当然、とばかりに嶽小原は言った。「あなたは遺体の顔を確認したわけじゃありませんよね。もっとも、たとえ確認したとしても、卒業以来一度も会っていないのなら、別人みたいに変わっていたとしても、さほど驚かないかもしれませんよね。女性は化粧と髪形でずいぶん変わるものだから」

あなただってそうでしょうと、相手の目は言っている。陽子は呆気《あっけ》にとられて言った。

「……里穂とチーズが入れ替わっていたと、本気でおっしゃっているんですか？　そんなこと、チーズのご家族が気づかないわけ、ないじゃないですか」

「その家族が仕組んだとしたら？」

「なぜそんなことを仕組むんですか」

「里穂さんの死に、知寿子さんが責任があるから……つまり殺人を犯してしまったから。世間体を守る、娘さんを守る、どちらにしても動機にはなりますよね」

陽子の胸の鼓動が速くなっていた。

何を言っているのだろう、この人は？

「だけど殺人なら、あんな平穏な……って言うのも変ですけど、当たり前のお葬式にはならないでしょう？」当たり前でない葬式とはいったいどんなものなのか、自分でも判然としない。「第一、家族が『これは娘だ』と言い張ることはできても、お医者様を騙《だま》すことはできないもの」

「その医者もまた、身内だったら？　主治医がいて加療中の場合、自宅で亡くなった場合でもその主治医は死亡診断書を書くことができますよ。医師が明らかな病死と認めれば、警察に届ける必要もないわけだし。もちろん、いくつかの条件はありますけどね。しかし知寿子さんはもともと、心臓が悪かったわけでしょう？　そして仕事の方も、多忙が続いていた。いつ倒れてもおかしくないほどにね。その二つの事実と家族の証言、それに医者の正式な書類がそろってしまえば、事件になる余地はないでしょう」

「それはそうですが、それにしても荒唐無稽《こうとうむけい》な話ですね。それじゃあ、チーズの訃報をキャプテンに報せたのは誰なんですか」

「もちろん、亡くなったはずのご当人ですよ。何年も会っていなければ、まして声だけなら、騙されても不思議じゃない。しかも伝える内容が内容だし……おや、まだ笑っていますね」

「それは……」

笑っているのではなく、引きつっているのだ。

「一つ確認したいのですが、知寿子さんのお名前は、牧場の牧に、寿を知る子と書くのではないですか？」

「ええ、そうですが……それが何か？」

「最初、耳で聞いているうちはピンと来なかったんですが、頭の中で漢字を当てはめてみると、なんとなく憶えがあるような気がするんです。以前、僕に手紙をくれた方がそういうお名前でした」

「手紙？」

「出版社を通じて。そういえば小原さんも何通かくださいましたよね。僕に連絡を取ろうと、出版社経由で。もちろん、知寿子さんの場合はいわゆる、ファンレターですが」

「チーズが、あなたにファンレターを？」

思わず声が高くなっていた。他の客がちらりとこちらを見る気配がし、陽子は大柄な体を縮めた。

「もちろん……」落ち着いた声で、嶽小原は言った。「同一人物であるかどうかはわかりません。ファンレターと呼ぶべきものかどうかもわかりません。僕のように、筆歴の浅い人間にさえ、ときどき、奇妙な手紙は届くんですよね」

人生相談めいた手紙。自分のことだけを、ひたすら延々としたためた手紙。

ときおり、そうした手紙が舞い込むのだと、複数の作家から聞いたことがあった。

「どんなふうに奇妙だったんですか」

「自分は近いうちに人を殺してしまうかもしれない、と。それも、一番の親友を」

「なぜ？」

「依存され続けることがたまらないから。昔とは立場も気持ちも変わっているのに、それでも依存し続けるから」

どきりとした。確かに自分なら、知寿子のような立場はごめんだと思う。ましてそれが、卒業後もずっと続いたとしたら。

「でも、立場が変わるってどういう……？」

「それはいくらでもあるでしょう。小公女のようだったヤーラが小間使いに転落したみたいに、小間使いのベッキーが小公女になるようなことだって現実に起こりうる。ある日突然、平凡な女の子が人気タレントになるかもしれない。ベストセラー作家になるかもしれない。もっと現実的な話としては、結婚した相手の財力によって生活レベルが大きく変わるってこともありますよね。変化が急激で劇的であればあるほど、ぴったりくっついていた御神酒徳利の片方が壊れる確率も上がる……そう思いませんか？」

そう尋ねられても、何とも答えようがなかった。相手の話を聞いているうちに、頭がくらくらしてきた。まるで甘ったるい酒に悪酔いしたみたいだ。だが、ワインは一滴も飲んでいない。

陽子は口を開きかけたが、何を言おうとしても、言葉がおぼろ豆腐のように崩れてしまう。

「……どうでした？」

ふいに悪戯っぽい笑みを浮かべて、嶽小原は言った。

「え？」

「さっき言っていたでしょう？　現実的な日常の延長から、とんでもないところに飛び出してしまう、そのロイター板に当たるのは何なのかって。答えにはなっていませんでしたか？」

陽子はふたたび口を開けたり閉じたりした。今度こそ、呆れ果てていた。

「つまり全部、口から出任せだったんですか？　よくもまあ不謹慎なことを……」

「そんな怖い顔をしないでくださいよ。小説家なんてそもそもが、不謹慎な生き物なんですから」

——あなたが不謹慎なんです。

そう言いたいのを、かろうじてこらえた。そんな陽子を見て、相手はまた笑った。

「小原さんは正直ですよ。何も友達に限らない。人間が人間を理解するなんて、しょせん不可能なことなんですよ。まして、肉親でも恋人でもない、赤の他人ならなおさらね。他人の事情や本音そのものを、本当にわかることなんてあり得ないんですから。だから僕は、自分の理解が及ばなかったりわからなかったりする大きな隙間を、自分なりに埋めようとする。それが僕の場合、妄想という名の怪獣なんですよ。いったん暴れ出せば、僕自身にも制御不能のね。僕にとって小説を書くとは、つまりそういうことなんです」

陽子は数度瞬きした。嶽小原の言葉を聞くうちに、瞬間的に沸騰していた怒りは徐々に冷めていった。

この、とてつもなくねじくれて、常人離れした男は、他人を理解することなんて不可能だと言いながら、それでもやっぱり理解したがっている。そして、理解されたがっている。少なくとも、今、この瞬間は。

だから陽子の話を聞きたがり、自身、懸命に言葉を並べようとするのだ。

それがふいにわかった。なぜだかわかってしまった。だから、怒るに怒れなくなってしまった。

代わりに、にこりと微笑んだ。それはいつもの〈仕事用の笑顔〉とは、若干異なっていたかもしれない。

「うちで書いてください」

ストレートな依頼の言葉がいきなり口を衝いて出た。

嶽小原はちょっと考え込むような素振りをし、そして言った。

「まだ言ってませんでしたけど、僕の本名はオハラヒロシって言うんです。小原さんと同じ小原に、太陽の陽」

「あら、一字違いですね」

はぐらかされたかな、と陽子はやや失望しつつ話を合わせた。嶽小原はなぜか一人うなずき、そして言った。

「いいコンビになれると思いませんか？」

ずいぶん婉曲《えんきょく》ではあったが、それは確かに受諾の言葉であった。

5

ローヒールの踵《かかと》を高く鳴らしながら、地下鉄の駅に続く階段を駆け下りた。メトロカードを使って改札を抜け、ドアが閉まる寸前の電車に、するりと滑り込む。

このまま家に帰れるわけではない。社に戻って、ファクシミリで入ってくる予定の原稿を受け取らねばならない。二、三、電話を入れる必要もあった。作家にもイラストレーターにも、総じて夜型が多い。いきおい、編集者の仕事もどんどん深夜に食い込んでいく。真夜中にタクシーで帰宅していると、運転手から「お姉ちゃん、どこのお店？今度指名するよ」などと言われることがよくあった。面倒なので、大先生のお供で行ったことのある銀座の高級クラブの名を口にしたりする。あの運ちゃんは本当に行っただろうか？　まさか。

この仕事の何が気に入っているって、完全に実力主義なところが一番だった。能力と熱意さえあれば、男も女も関係ない。いくらでも、すごい仕事ができる。そりゃ今はまだいくらか未熟で、ときどき、泣きたくなるような情けない失敗もやらかしてしまうけど……。

嶽小原はほんとに変な人だった。そりゃ、作家なんて連中はみんな、どこかしら変だ。でもあの男は、とりわけ変だった。しかし陽子は、変人が嫌いではなかった。

ふと、誰かの視線を感じたような気がして、陽子は顔を上げた。窓越しに見える闇の向こうに、等間隔に並んだ柱があり、そのさらに向こうに並走する地下鉄があった。地下鉄網はどこでどう接近し、絡み合っているのか、ときおりこういうことがある。

思わず、声を上げそうになった。

その、やけに明るく見える車両内に、チーズの白い顔を見た気がした。

並んで走る地下鉄は、すぐに別なトンネルに消えていく。そこに誰が乗っていたにしても、あっという間にその姿は見えなくなった。

「まさか、ね」

陽子はそっとつぶやく。

陽子が愛しているのは、リアルな現実そのものだ。異質な妄想も、風変わりな空想も、物語の中に存在してこそ。非現実的な現実なんて、言葉自体、破綻《はたん》している。

目の前の薄汚れたガラス窓に映っているのは、モノクロに透ける自分の顔だ。その真ん中を、トンネルの壁に取りつけられた灯りが長い破線となって、次から次へと横切っていく。

ひよこ色の天使

1

「かずみせんせーっ！」

園児たちがしまい忘れたボールやフラフープを片づけていると、ヒロくんがまるで体当たりをするような勢いで走ってきた。

「あのさー、えっとさー」

そう言いながら本当にぼんとぶつかってきて、盛大に尻餅をつく。ヒロくんはゲラゲラ笑いながら、ゴボウみたいに黒くて細っこい両足をばたばたさせた。

「なあによー、ヒロくん」

佳寿美は屈んで、よっこらしょとヒロくんを立たせてやった。背中とお尻が乾いた土で真っ黒だ。

「あのさー、えっとさー」もう一度繰り返してから、ヒロくんはふいに笑顔になって言った。

「かずみせんせーはどうしてふくらんでるの？」

とっさに返す言葉が見つからない。

〈太っている〉だの、〈デブ〉だのという言葉は、この三歳児のボキャブラリーには存在していないのだ。だから小さい頭で懸命に考えて、感覚として一番近い単語を引っ張り出してくる。それはもう、見事というほかはない。残酷なまでに的確だ。

同じ三歳児でも、上にお兄ちゃんがいたりすると、〈デブ〉はおろか〈バカ〉だの〈ぶっころす〉だのといった悪い言葉を、嬉々として使っている子はけっこういる。子供は大人が眉をひそめる言葉が大好きだ。

ヒロくんは一人っ子のせいか、男の子としては非常におっとりとした優しい話し方をする。でも、悪い言葉を覚えるのは時間の問題だろう。

『ひよこ保育園に通いだしてから、すっかり言葉が悪くなってしまって……』

苦笑混じりに、けれどしっかり非難の色を混ぜて、保護者から言われることがある。でもこればかりはとびひや麻疹《はしか》と同じで、その強力な伝染力の前には保育士の指導などいかにも無力だ。

「さあ、どうしてかしらねえ」

彼女は大げさに首を傾げてみせた。ヒロくんも真似をして、どうしてかしらねえと首を傾げてから言った。

「あやこせんせーはつぶれているのにねえ」

「つぶれ……」

痩《や》せている、という意味なのだろう。

「そうね、彩子先生はスタイルいいもんね」

ため息とともに、思わずそんなセリフが出てしまった。

宮田彩子は佳寿美と一緒にこじか組の担任をしている、同い年の同僚だ。確か誕生月もごく近い。同じくらい生きて、園の給食やおやつも同じくらい食べて、同じように毎日子供たちと駆け回って、なのにどうしてこんなに差があるんだろうと思うくらい、二人の体格は違っている。彩子先生は小柄で華奢《きゃしゃ》で強く抱きしめたらぽきりと折れちゃいそうなタイプ。一方佳寿美は大柄でふくよかでどっしりと逞《たくま》しく、自分で言うのも哀しいが臼《うす》でひいても死にそうにないタイプ。子鹿のバンビとナウマン象、くらいにも違う。

彩子先生に関して、その可憐な容姿以外にもひとつ、羨ましく思っていることがある。その、すっきりとしていてきれいな名前だ。

彼女のフルネームは、善福佳寿美という。

「二人で一生懸命考えたのよ……悪い字がひとつも入っていないでしょう」

などと手柄顔で言う両親には申し訳ないが、佳寿美は自分の姓名が大嫌いだった。やたらと画数が多い上に、あまりにも過剰だ。押しつけがましいほどにおめでたく、福々しい名前……。

名は体を表す、とはよく言ったものだ。

そんなことをちらりとでも親に漏らそうものなら、「住人も美人も美しい人という意味で、その上長生きまでできる名前をつけてやったのに」などと反撃を食らいそうだから、言わない。姓にしろ名にしろ、いまさらどうしようもないことと不満を口にするほど子供でもない。太りやすく瘦せにくい体質を、両親から受け継いでいる現実にしたところで、同じことだ。

だが、正真正銘の子供、それもひよこ保育園に通ってきているような未就学児童を相手にすると、しまっておいたはずの本音や弱音がぽろりと顔を出すことがある。ヒロくんの〈ふくらんでる〉発言ではないが、彼らが常にシンプルな言葉で、しかもストレートに弱点を衝いてくるからなのだろう。

「……ルノアールさんが生きてた頃なら、先生だってナイスバディだったんだけどね」

おどけたポーズとともにそう言うと、ヒロくんは「ののあーるってなに？」と聞いてきた。

「なんで？」「どうして？」「なあに？」と、この年頃の子供の頭はクエスチョンマークでいっぱいだ。正直、すべてに答えていくのは大仕事である。

「お絵かきがとーっても上手なおじさん」

大幅にはしょって説明すると、

「かずみせんせーだってじょうずだよ」

最大級の賛辞を込めて言ってくれた。

「ありがと。佳寿美先生はひよこ保育園のルノアールだあ」

またまたおどけて、裸婦のポーズもどき。ヒロくんには大受けで、「ののあーる!」と叫びながらお尻をぴょこんと突き出して懸命に真似をしている。お馬鹿な二人である。

「これでまた、パパを悩ませるタネがひとつふえちゃったね」

深刻ぶって言うと、「なんで?」

「だってさ、ヒロくん、それおうちでも絶対やるでしょ」

「うー」

と肯定。

「ヒロくんのパパ、絶対それ何だかわかんないよ」

よく連絡帳に、お父さんからの質問が書かれている。しばらく前に、こんなのがあった。

〈ヒロがよく、「あっちゅっちゃ、あっちゅっちゃ」と言っているのですが、いったい何のことでしょう〉

一瞬頭を捻《ひね》ったが、すぐにわかった。答えは〈安寿《あんじゅ》ちゃん〉。同じこじか組の女の子の名前である。確かに幼児には発音が難しい名前かもしれない。

他にも、園で教えた歌やお遊戯を子供が家で再現すると、完膚《かんぷ》無きまでに独自のアレンジが施されているケースが多く、保護者の証言をもとに〈原型〉を探るのはちょっとした謎解きのようで、なかなかに面白い。

「わかるよー」

ヒロくんは不満げに、それでももう一度ぴょこんとポーズを決めながら、うふっうふっと嬉しそうに笑う。そのとき、柵向こうの道路から、男の人の声がした。

「おーい、ヒロ。楽しそうだな。何やってんだ？」

お迎えに来た、ヒロくんのお父さんである。

「のーのーあーるー」

嬉しさにはち切れそうになり、体中を喉にしてヒロくんが叫び返した。

柵の向こうでは、ヒロくんのお父さんが顔いっぱいにクエスチョンマークをちりばめて立っていた。

2

ヒロくん親子は父子家庭である。

半年に一度、『家庭状況調査書』に記入して提出することが、園児たちの保護者には義務づけられている。待機児童がいっこうに減らない現状では、在園児にしたところで常に入園資格を問われ続けなければならないのだ。用紙は市の福祉課に直接郵送してもかまわないのだが、たいていの保護者はそんな面倒なことはせずに保育園に持参する。ごくプライベートなものなので、なるべく見ないように心がけているのだが、ヒロくんのお父さんは「これ、お願いします」と言うなり無造作に広げたままの用紙を佳寿美に手渡したのだ。

たまたま視線を落とした箇所に、手書きの〈離婚〉の文字があった。父母の不存在の事由について尋ねた欄である。

佳寿美が見たことに、相手も気づいたのだろう。寂しげな、そして情けなさそうな笑顔が、ほんの一瞬浮かんで、消えた。

何年何月からどういう理由で子供の親が存在しないのか——そんな設問の答えを知る必要が、本当に役所にはあるのだろうか。いない、という事実だけで充分ではないのだろうか。

そんな内心の腹立たしさを抑え、佳寿美はにっこり笑って「お預かりします」と言った。

そんなことがあったのは、一ヵ月ほど前のことだ。

ともあれヒロくんが園にいる時間は、こじか組のなかでは一番長い。誰よりも早くやってきて、一番最後まで残っている。だからこの子は、他の園児の保護者の顔を、驚くほど見憶えている。その範囲は同じこじか組だけに留まらず、しかも父母のピンチヒッターでときおり送迎を引き受ける祖父母にまで、及んでいたりする。見慣れない人物がもの慣れない様子でうろうろしていたりして、「あら、誰のお迎えかしら？」と若干の警戒を込めつつ首を傾げると、横合いからヒロくんが「みさきちゃんのおじいちゃんだよー」などと教えてくれる。

こうした特技も、人一倍園にいるためなのだから、お父さんには申し訳ないけれども、ヒロくんが可哀相になることがある。

もちろん、サラリーマンにとってはギリギリの時間なのだろう。それがわかっているから、お迎えが多少遅れたくらいでは苦情も言いにくい。

だが、「ののあーる」の翌々日、決められた時間から三十分以上が過ぎてもヒロくんのお父さんは現れなかった。広い遊戯室に二人でぽつんと取り残され、「パパ、遅いね」は既に禁句になっている。

「……ね、ヒロくんは大きくなったら何になりたいの？」

今にもぺっしゃんこに潰れてしまいそうな、子供の気持ちを引き立たせるために、佳寿美は努めて陽気な口調で尋ねた。

おもちゃにも、絵本にも、ヒロくんは見向きもしなくなっていた。

唐突な彼女の言葉に、ヒロくんはポカンと首を傾げた。

「だってね、子供は何にだってなれるのよ。映画スターにだって、宇宙飛行士にだって、なりたいと思ったもの、何にでもなれるの。ね、ヒロくんは何になりたいの？」

えーとね、えーとねと一生懸命に考えてから、ヒロくんは答えた。

「アンパンマン」

一瞬返事に窮してから、それでも急いで答えた。

「そうか、アンパンマンか。カッコいいね。アーンパーンチってばいきんまんをやっつけるんだよね」

「かずみせんせーは？」

「え？」

「かずみせんせーはおおきくなったら、なにになりたいの？」

逆に聞かれて、今度は佳寿美が考え込む番だった。

佳寿美はすでに大人になっていて、保育士という職業にも就いている。けれど、それでもやっぱり〈なりたい何か〉はあった。

「……そうだね、お母さん、かな」

ちょっと照れながらそう答えたとき、遊戯室のドアが開いた。

「佳寿美先生。ヒロくんの保護者の方からお電話です」

「ヒロくんの保護者って……」

おかしな言い方だった。

同じ遅番組の林先生はヒロくんの方を気遣いながら、佳寿美に耳打ちした。

「お父さんの伯母さんって方です。あの、ヒロくんのお父さんが事故にあわれたとかで」

佳寿美はヒロくんを林先生に預け、大急ぎで事務室に向かった。誰もいない部屋の中で、保留を示す電話のランプがぽつんと灯っている。

「あ、いつもヒロムがお世話になっております、田中ヒロムの大伯母でございます」電話口に出るなり、恐ろしく早口で相手は言った。「実はですね、ヒロムの父親が、あ、わたくしの甥でございますが、実はこのたびですね、会社帰りに交通事故にあいまして、あ、事故と言ってもですね、幸いと言いますか命に関わるようなものではないんでございます。ただ足をですね、どうやら骨折したらしゅうございまして。事故の相手さんもですね、おかしな人じゃありませんで、とってもまともな方で、ちゃんと病院に連れて行ってくださったんだそうです。ま、それはよろしいんでございますがね、ヒロムのことがありまして、あの子には母親がおりませんでしょう？　ですから甥っ子がですね、わたくしに連絡を寄越したと、そういう次第でして」

ここで息継ぎのためか、ようやく相手が言葉を切ったので佳寿美は素早く口を挟んだ。

「それは大変でしたね。それで、ヒロムくんのお迎えはどうされるんでしょうか」

ここが肝心な点だ。

「それなんでございますがね、わたくし今、ヒロムの父親に頼まれまして、あの子の家にいるんでございますがね、そちら様のお電話番号も伺いまして、申し訳ないがヒロムを迎えに行って面倒を見て欲しいとね。ええ、もちろん飛んで参りましたよ。万一のことを考えて鍵を預かっておりましたのでね、家に入ることはできたんですけれども、わたくし、この町には不案内なものですから、お迎えに行こうにもどう行けばいいのかわかりませんで、それでお電話差し上げた次第でして」

相手が途方に暮れているのはよくわかった。彼女がやや年輩の女性で、あまり世慣れたタイプではないこともわかった。が、下駄を預けられた形になった佳寿美も、充分途方に暮れた。

佳寿美は目の前に立てられたファイルを抜き取り、ぱらぱらとめくった。入園時に保護者から提出してもらった資料には、家族状況や健康状態などのデータの他に、緊急用のために自宅までの略図を書き込む欄がある。確かに今が、その緊急事態かもしれなかった。

「わかりました。今回は事情が事情ですので、ヒロムくんは私がおうちまで送り届けます」

　相手は明らかにほっとしたようだったが、

「まあそんな、先生にそこまでしていただいたらご迷惑ですわ。あの、何と申しましたらいいか……」

　ごく控えめに遠慮している。

「大丈夫ですよ、園の自転車に乗せて行きます。それよりも、ヒロムくん、お腹が空いていますので何か夕食を用意しておいていただけますか」

「はいはい、それはもう……」

　知らない町の住宅街を彷徨《ほうこう》する不安から逃れて、相手はあからさまにうきうきとした声で請け合った。

　すでに陽は落ちて、辺りは暗い。

　自転車の幼児椅子の上で、ヒロくんは大はしゃぎだった。聞くと、自転車に乗るのは初めてなのだという。普段の送り迎えは、お父さんの運転する車でだった。いつも他の園児が自転車に乗せてもらっているのを見て、内心羨ましく思っていたものらしい。上機嫌でアニメの主題歌などを歌っている。

　お父さんの怪我が、大したことなくてほんとによかった。いまさらながら、そう思う。ヒロくんにはお父さんしかいない。そのお父さんに万一のことがあったら、この子はいったいどうなることか。

ふと、思い出したことがあった。

高校時代に所属していたソフトボール部の先輩で、祖母と二人暮らしをしているという人がいた。どういう事情があったのかは知らない。生半可な同情や好奇心を、ぴしゃりとはねつけるような雰囲気が彼女にはあった。冷たかったり怖かったりしたわけではない。誰からも一目置かれ、慕われてもいた。だが、彼女の心の奥には、何者であれ侵入を拒む強固な壁が存在していた。

おかしな話だが、佳寿美が保育士になることを決意したのは、彼女を知ってからのことなのだ。

少年ぽい硬質の顔立ちと、潔いまでのショートヘアをした彼女は、男の子よりはむしろ、女の子に人気があった。恋に恋しているような女の子たちの、疑似恋愛の対象とされることを、彼女がどう感じていたのかは知らない。まるで意に介していないように見えたが、気づいていなかったはずもない。けれど、その頃、佳寿美の中にあった奇妙な思いについては、おそらく想像もしていなかっただろう。

佳寿美は彼女の〈お母さん〉になりたかったのだ。

当時、自分ではっきりそうと意識していたわけではない。今にして思えばそうだった、ということだ。

その頃、おぼろげながら自覚したのは別のことだった。自分がどういう職業に向いているか、自分の資質がどういう分野にあるのかが、よくわかったのだ。

保母さんになりたい——彼女がそう告げると、親も先生も友人も、一人残らず「あなたにぴったりだ」と言ってくれた。

だから天職なのだろうと思う。

三歳の幼児とはいえ、子供を乗せた自転車はバランスをとるのが難しい。慎重に漕《こ》ぎながらも、佳寿美はまた、とりとめもないことを考え続けた。

ヒロくんは相変わらず、上機嫌で歌を歌っている。

「えーびーしーじーいーえっち」

『ＡＢＣ』の歌なのだが、無茶苦茶だ。同じクラスのミツルくんは英語の教材ビデオを観せられているらしく、この歌を完璧に歌える。それをコピーしているわけだが、相当に怪しい海賊版と言ったところか。そういえば、ヒロくんのお父さんが〈ヒロが急に英語の歌を歌い出してびっくりしました〉と連絡帳に書いていた。〈これは天才だ！と断定した後で、よく聞いてみると発音が今ひとつなので、これは秀才だ！　に訂正〉というコメントが続いていた。

また、別な日には〈今日の昼ご飯は何だった、と聞いたら、「カレーのお味噌汁」という返事。ヒロは汁物はすべてお味噌汁と言います。「カレースープ？」と尋ねたら、うん、とうなずき「だけどおうろんがはいってた」。それはカレーうどんだ〜！〉とあって、思わず笑ってしまった。

この人の連絡事項は、いつもユーモアがあってあたたかい。こんな人がなぜ、離婚なんてことになってしまったのだろうと、思わず余計なことを考えてしまう。

連絡帳で対照的なのが、安寿ちゃんのお母さんのものだ。たいていひと言、〈変わりありません〉とだけ書かれている。変わりがある場合でも〈咳が出ます。水遊びはさせないでください〉〈熱は平熱に戻りました〉といった調子で、実に素っ気ないことこの上ない。

ご当人にしても、保育士仲間の間で語りぐさになるほどの無愛想ぶりだった。

「けっこうきれいなんだし、もう少しにこにこしてれば、全然印象違うでしょうにね」

と彩子先生が言っていたことがある。すると別な誰かが、「だから旦那さんに逃げられちゃうのよ」と言っていた。女同士というものは、まったくもって手厳しいというか容赦がない。

おやと思ったのが、親子遠足のときだ。安寿ちゃんがヒロくんのお父さんにひどくなつき、しきりと抱っこをねだっていた。代わりに、安寿ちゃんのお母さんはヒロくんを抱いたり手をつないだりしていた。その表情は、普段の送り迎えの際に見せるものとは雲泥の差で、彩子先生と「へえ」と顔を見合わせたりしたものだ。

ぼんやりとそんなことを考えていると、自転車の子供椅子に坐っていたヒロくんが、嬉しそうに叫んだ。

「あっちゅっちゃだ！」

「え？」

きゅうと哀しそうな音を立てて、自転車は止まった。赤信号である。

「安寿ちゃんがどうしたって？」

今、そのお母さんのことを考えていただけに、ちょっとどぎまぎした。

「おいすにすわっていたの」

ヒロくんは佳寿美を振り返って言う。

「そうね、安寿ちゃんのお椅子に坐っていたわね。ひよこのお椅子」

園にはちゃんとひとりひとり専用の椅子があり、目印に動物のシールが貼ってある。ヒロくんはゾウで、安寿ちゃんはひよこだ。

ヒロくんはにこにこ笑って言った。

「ひよこおねえさん」

安寿ちゃんは四月生まれで、翌年三月生まれのヒロくんよりはずっとお姉さんだ。

「そうねえ」佳寿美は青になった信号を渡りながら答えた。「ひよこのお姉さんに、ゾウ弟くんだ。ゾウのお鼻は長いぞう、パオーン」

おどけてそう叫ぶと、ヒロくんはうふっうふっと笑いながら「ながいぞう、ながいぞう、パオーン」と真似して叫んだ。

そうこうしているうちに、ヒロくんの家にたどりついた。

玄関先には、鰹《かつお》だしの良い香りが漂っていた。甘辛く煮つけたような匂いも混ざっている。思わず、ぐうとお腹が鳴った。

ヒロくんの大伯母様という人は、思ったよりもかなりお歳を召した方だった。品良くセットされた白髪の下には、まん丸い眼鏡をかけたまん丸い顔がある。体つきもやっぱりふっくらとまん丸く、佳寿美はひと目で親近感を抱いた。

それは先方も同様だったらしい。柔和な瞳でまじまじと佳寿美を見つめ、「ヒロムの大好きな先生に会えて嬉しい」という意味のことをしきりに繰り返し、「ご迷惑をかけて申し訳ない」というようなことを何度も言い、次いで「自分がどんなに助かったか、ありがたいと思っているか」について延々と語った。それから最後にこう言った。

「さあさ、どうぞお上がりになって。大したものはありませんが、どうぞ召し上がって行ってくださいな」

もちろん佳寿美は丁寧かつきっぱりと辞退した。にもかかわらず、数分後にはリビングに上がり込んでいた。お手伝いします、という彼女の申し出は、丁寧かつきっぱり辞退されてしまった。

ヒロくんは大はしゃぎである。

「ヒロくんのテレビだけど、せんせーにもみせてあげゆ」

そう言いながら、どこからか山ほどのビデオテープを危なっかしく抱えてきた。それをがしゃんと床にぶちまけ、中からひとつを選んで佳寿美に差し出した。ビデオにセットしろ、ということらしい。

「ああ、それは何ですか、知育教材っていうんですか」キッチンから大伯母様が言った。

「わたくしがフリーマーケットで買ってきたんですよ。服や絵本もしょっちゅう買ってくるんですけどね、ヒロムはこのビデオがすっかり気に入っちゃって、いつも観ているそうなんですよ」

「まあ、そうなんですか」

何となく間の抜けた返事をしてから、佳寿美はビデオのケースをしげしげと見た。よくテレビコマーシャルでも流れる大手のものではなく、見たことも聞いたこともない会社名が印刷されていた。すべてに共通するロゴで『よいこランド』と印刷されていて、その下にそれぞれ『わくわく！　なつやすみ』だとか『ハッピー！　クリスマス』だとか季節にまつわるタイトルが書かれている。どれにも、オリジナルキャラクターらしきネコの絵が描かれているのだが、それはサンリオの有名なキャラクターにきわどく似通っていた。

ビデオデッキにセットすると、登お兄さんと、知世子お姉さんと称する男女が出てきて、ネコのキャラクターと一緒に歌ったり踊ったりし始めた。途端にヒロくんが一緒になって踊り出す。

「にゃんにゃんにゃん、ねこにゃんにゃんにゃん」

とても可愛らしい。

やがて、大伯母様がエプロンで両手を拭きながら言った。

「さあ先生。どうぞお坐りになってくださいな」

カレイの煮つけ、鶏と野菜の煮物、ほうれん草とニンジンとちくわのごま和え、ワカメの味噌汁、といういかにもな和風メニューである。

「わざわざ材料を買いに行かれたんですか？」

そんな時間はなかったはずだが。

「いえいえ、玄関の前に置いてあったんですよ。あの箱に入ってね」大伯母様はキッチンに置いてある発泡スチロールの箱を指差した。「甥から使っておいてくれと頼まれましてね」

「ああ、食材の宅配ですか」

「ええ、今は何でも便利になっておりますよねえ。甥は会社から急いでお迎えですから、お夕食の買い物をしている時間なんてありませんでしょ」

「自炊されてるなんて偉いですねえ」

思わず言ってしまったが、かえって失礼だったかもしれない。共稼ぎのお母さんなら、ごく普通にやっていることなのだ。

けれど大伯母様もやっぱり「偉い」と思っているらしく、大きくうなずいた。その後ちょっと涙ぐんだところを見ると、「父子が不憫《ふびん》だ」とも思っているらしい。

大伯母様はせっせと自分の皿からヒロくんの分を取り分けている。三歳児なら、普通はそれで充分だ。しかもヒロくんはとても食が細い。

「今日は先生がいらしてくださってよかったねえ」大伯母様はヒロくんにというよりは佳寿美の方に対してそう言った。「いつもは一人前、ほとんどあまらせてしまうんですって。その分は翌日の朝、食べたり食べなかったり……腐らせてしまうことも多いそうですよ。もったいない話ですよ、本当に」

翌日の朝、という言葉で、聞いておかねばならないことを思い出した。

「明日はヒロムくんはどうされますか？　登園はなさいますか？」

「それなんですけどね」

大伯母様がそう言いかけたとき、電話が鳴った。と思ったらヒロくんがひらりと子供椅子から飛び降りて、あっぱれな素早さで電話を取った。

「はいもしもし、たなかでしゅ。そうでしゅ。パパはいないけど、かずみせんせーがいましゅ」

三歳児とは思えない受け答えの後、「はい」と受話器を手渡された。

「もしもし？」

恐る恐る出ると、「やだ、ほんとにいるの？」と聞き慣れた声がした。こじか組のもう一人の担任、彩子先生だった。

こちらの事情を簡単に説明すると、彩子先生はため息をついた。

「何だかトラブル続きね。今ね、園長先生から電話があって、安寿ちゃんと仲良しの子たちの家に電話してくれって言われたの」

「安寿ちゃんに何かあったの？」

「それがね、夕方から姿が見えなくなっちゃったらしいのよ」

3

安寿ちゃんは、お母さんが夕食を作っている間、アパートの前の公園で遊んでいたのだという。窓から様子が見えるので、短い間ならそうやって独りで遊ばせることもあったらしい。

そして……。

食事ができたので呼ぼうとしたら、赤い三輪車だけがぽつんと取り残されていたのだ、という。

「園から帰る途中で、こじか組のお友達ともっと遊んでいたかったと駄々をこねたらしいんですよね。それで、もしかしたら園に戻ろうとしたか、お友達の家に行こうとしたんじゃないかと思って、園の方に電話をされたらしいんです」

「それじゃ、私と入れ違いになっちゃったのね」

「そうらしいですね。それでわかる人がいなかったものだから、園長先生のご自宅に連絡したんですって」

ひよこ保育園では年輩の保育士を除き、自宅の番号を公開していない。数年前までは緊急連絡網に記載していたのだが、とんでもない理由から連絡網自体がなくなってしまった。

悪戯電話が急増したのである。内容は無言電話から露骨なセクハラ電話まで様々だ。特に、若い美人の先生やお母さんの職場が狙い撃ちされた——彩子先生なども、ひどい目にあった口だ——そしてこの事実は、すごく嫌な現実を物語っている。

つまり、悪戯電話の犯人が園児の保護者の中にいるというわけだ。

いつだったかソフトボール部時代の友人、坂田りえに、

『そういう仕事してると、子供に対して幻滅したりすることってない？』

と聞かれたことがある。

もちろん佳寿美はきっぱり否定した。

幻滅するのはいつだって、どんなときだって、大人の方に対してだ。

今回のことだって、とっさに感じたのは安寿ちゃんのお母さんに対する怒りだ。たとえわずかな時間にせよ、どうしてたった四歳の子供を夕暮れの公園で独り、遊ばせたりできるのだろう。近頃ではおかしな人間も増えているというのに。親はあらゆる想像力を働かせて、子供を守らねばならないというのに。

新聞やニュースで、幼い子供が犠牲になった事件を目にすると泣きたくなってくる。自分が〈大人〉の一員でいることが、嫌になってくる。

「……それで」と彩子先生は言った。「まさか独りで園まで行くってことはないと思うんですよ。大人の足だって二十分くらいかかるんじゃないかしら。でも、たまたま園で仲良しの子が通りかかって、ついて行っちゃったってことなら、あるかもしれないと思って……」

「……安寿ちゃんと一番仲良しなのも、一番近くに住んでいるのもヒロくんよね」

安寿ちゃんはヒロくんのお父さんのことが大好きだったし、と親子遠足のことを思い出して付け加える。

「ええ」彩子先生がふうっとため息をつく音が聞こえた。「だから真っ先に電話したんですが、佳寿美先生と一緒に帰ったのなら……」

そう言いかけたとき、ヒロくんがテレビ画面を指差して嬉しそうに叫んだ。

「ひよこおねえさん、ひよこおねえさん」

あれ？　と思った。

さっきのビデオがまだつけっぱなしになっていた。

「あ、ごめんなさい。キャッチが入ったわ。園長先生かもしれない」

ふいにそう言って、彩子先生は通話を切り替えた。『ローレライ』のメロディを聴きながら、佳寿美はヒロくんに尋ねた。

「ねえ、ヒロくん。ひよこお姉さんって、『よいこランド』に出てくる知世子お姉さんのこと？」

ヒロくんは不本意そうに眉をひそめて言った。

「ひよこおねえさんっていったでしょ」

やっぱりそうらしい。

「安寿ちゃんがお椅子に坐ってたって、そう言ってたよね、確か。お椅子って、どんなお椅子？」

こちらの想像を先に口にするのは厳禁だ。子供は簡単に誘導に乗ってしまう。

「えーとね、えーとね」しばらく考えてからヒロくんは言った。「ほいくえんのおいす」

そう、あのときは佳寿美もそう思ったのだ。だが……。佳寿美は辛抱強く尋ねた。

「そうだね、保育園でもお椅子に坐ってたよね。だけどさ、さっき、ヒロくんが自転車のお椅子に坐ってたときに、安寿ちゃんはどんなお椅子に坐っていたのかな」

今度は即座に返事が返ってきた。

「あのね、くるまのおいすだよ」

やっぱりチャイルドシートのことか。

さらに質問を重ねようとしたとき、ふたたび彩子先生の声が聞こえてきた。

「佳寿美先生。安寿ちゃん見つかりましたって。おうちのそばにいたそうです。今、園長先生から電話があって……お母さんから、お騒がせしました、とのことでした」

何だか肩すかしを食ったようでもあるが、取り敢えずはほっとした。

大伯母様心づくしの美味しい夕食をいただき、せめてものお礼に片づけを手伝ってから、ヒロくんの家を後にした。ヒロくんは「またあしたー」と言ってくれたが、大伯母様によればしばらく園は休むことになるという。

『今晩はここに泊まって、明日はわたくしの家に連れて行きます。その方がヒロムの父親の入院先も近いですからね』

と言っていた。

当分寂しくなるなと思っていたら、翌日には安寿ちゃんまでがお休みだった。早番の先生に伝えられたところによれば、急に熱を出したのだという。

もっとも、誰かがお熱でお休みなんてことはしょっちゅうだ。特に新入園児の受け入れで慌ただしい四月五月頃は、全員そろっている日なんて数えるほどしかなかった。新しく入った子は毎日毎日泣き続けた挙げ句に熱を出す。在園児の方は、保育士が新入園児にかかりきりになってしまうのが哀しくて、やっぱり熱を出す。急激な環境の変化で体調をくずしやすくなるのは、大人も子供も同じことだ。

朝のミーティングのあと、彩子先生が「親子遠足のときのよ」とポケットアルバムを見せてくれた。学生時代、写真部にいたという彼女は、いつもカメラマン役を買って出てくれるのだ。

お父さんやお母さんと連れだって歩く子供たち。嬉しそうに羊を撫《な》でる子供たち。口いっぱいにお弁当を頬ばる子供たち……。

「しっかし似てない親子よね」

ひょいと傍らから覗き込んで、彩子先生が言った。

「え？」

「安寿ちゃんとお母さんよ。お母さんの目はぱっちり二重なのに、安寿ちゃんは一重でしょ。ひょっとして、整形美人だったりして」

確かに、安寿ちゃんは母親にまったく似ていない。むしろ——と佳寿美は何気なく思い、自分で自分の考えにぎょっとした。

むしろ安寿ちゃんは、ヒロくんのお父さんによく似ていた。

4

子供たちを園庭で遊ばせていると、名指しで電話がかかってきた。

「あ、あの、わたくし、田中でございます。あの、田中ヒロムの大伯母の……」

なぜだかひどく焦ったような口調だった。

「あ、昨日はどうもごちそうさまでした」

慌ててお礼を言ったが、それに対する相手の返事は聞こえなかった。

「ぼーくーがでーゆーよー。せんせーと、もしもしすゆー」

聞き覚えのある舌っ足らずな発音で、力の限り泣き叫んでいる声がすぐ側でしている。

おそらくもぎ取られるようにして、受話器はその声の主に渡った。そのまましばらく、鼻息を吹きかけるような音と洟《はな》をすすり上げる音とが交互に聞こえている。

「もしもーし、誰ですか？」

わかっていて、わざと尋ねてみた。

「……ヒロくんでしゅよ」

途端に、鼻の穴がぱかっと広がっていそうな、得意げな口調で返事が返ってきた。

「おーやおや、ヒロくんですか。どうしましたか？」

「あのね、おーばーちゃんにこらっていって」

「どうして？　なんで先生がヒロくんのおーばーちゃんを怒らなきゃならないの？」

「らってね、らってね」言っているうちにまた哀しくなってきたのか、涙声になってヒロくんは懸命に説明する。「ヒロくんにぶろう、あげてくれないんらもん。ヒロくん、ぶろうすきらのに」

ようやく、事情が呑み込めた。ヒロくんは大好物のブドウを見つけ、今すぐ食べたいと駄々をこねているのだ。自分の要求が入れられず、「パパ、パパ」と泣き出したのだろう。しかしパパは入院中だ。それで今度は、「かずみせんせー」となったに違いない。

「それは、もうじきお昼だからじゃないですか、ヒロくん」佳寿美はちょっと厳しい声で言った。「先生だって、ヒロくんがお昼ご飯の前にブドウが食べたいなんて言ったら、駄目ーって言うけどな」

それでなくても食の細いヒロくんだ。ブドウだけでお腹がいっぱいになってしまうことは目に見えている。

「らってたべたいんらもん。おーばーちゃんにぶろうあげてっていって」

「わかったわ」

あまりあっさり引き受けたので、ヒロくんはむしろ拍子抜けしたらしかった。

「ほんと？」

「ほんとよ。ただし、半分だけね。残り半分は、ご飯を食べてから。それでいい？」

返事はなかった。おそらく、黙ってうなずいたのだろう。

「じゃあ、おーばーちゃんに代わってくれる？」

「うー」

こんどは返事があって、電話の相手は大伯母様になった。

「まあまあまあ、お忙しいところ申し訳ありませんでした。散々駄目だと言ったんですが、ヒロムが先生にお電話すると言って聞かなくて……」

「いえいえ。今、ヒロムくんとお話ししたんですが、ブドウを半分だけ食べさせてあげてくださいませんか。そして食事は小さなお皿に少しだけ載せて、全部食べたらうんと褒めてあげてください。たとえ半分でも要求が通れば子供は納得しますし、褒められたら食事が楽しくなりますし」

用心しいしい、佳寿美は言った。こういうことを口にすると「しつけに口を出された」と過敏に反応する保護者もたまにいるのだ。

しかし大伯母様の反応は、医者の指示を承る患者のように従順そのものだった。はるか年長の女性から「は、おっしゃるとおりですね。さすがは専門家でいらっしゃるわ、さっそくおっしゃるようにしてみます」などと言われると、それはそれで居心地の悪いものがある。

それでは、と電話を切ろうとすると、また傍らから「せんせーとおはなしすゆー」という叫び声が聞こえてきた。たぶん、バイバイが言いたいのだろうと思い、代わってもらった。

するとヒロくんは、思いがけないことを言った。

「あさねえ、ヒロくんねえ、でんしゃにのっておーばーちゃんのおうちにいったの。そしたらねえ、あっちゅっちゃのママがいたの」

「電車の中に？」

「うー」

と肯定。

「安寿ちゃんも一緒だった？」

「うーう」

とこれは否定。

どういうことだろう？

とりあえず「バイバイ」を言ってから、電話を切った。そしてあらためて、首を傾げる。

今朝、安寿ちゃんが熱を出したから休ませる、と電話があった。なのにどうして、安寿ちゃんのお母さんが電車に乗っているのだろう？　どうしても休みが取れず、緊急で誰かに安寿ちゃんを預け、出勤したのだろうか？

いいや、違う、と佳寿美は自問自答する。彼女の勤め先は同じ市内にあり、通勤手段は自転車だということだった。

何よりも、昨日のことがある。

何だか、ひどく嫌な予感がした。

信じられないようなことは、現実に、しばしば起こる。親子遠足や運動会にやってくる子煩悩《こぼんのう》なパパたちの中に、下劣極まりない悪戯電話をかけるような人物がいるなんてことは、とうてい信じられない。というより、信じたくない。けれど、犯人は確実にその中にいるのだ。

佳寿美は幼い子供たちなら、信じることができる。子供たちこそ無垢《むく》な天使そのものだと、断言することができる。

だけど、大人はずるい。大人は意地悪だ。大人は嘘をつく。大人は騙す。大人はたくさんの悪意と、優越感とを抱えて生きている。〈太っている〉というただそれだけのことで、今までどれほど傷つけられ、貶《おとし》められ、冷笑されてきたことか。ひとかけらの思いやりも想像力も持たない人が、いったいどれほどいたことか。

大人だって、かつては無垢な天使だったはずなのに……。

机の上のファイルを抜き取り、安寿ちゃんのページを開く。緊急連絡先には、勤務先の電話番号と並んで、携帯電話の番号もあった。その数字を指でなぞりながら、少し迷う。が、思い切って受話器を取り上げた。

——今、私のしようとしていることは、少なくとも大した害にはならないはずだ。もし、この考えが単なる妄想に過ぎなければひと安心だし、当たっていた場合は……安寿ちゃんのお母さんを安心させてあげられる、かもしれない。

「——もしもし」

どこか硬い感じの声で、すぐに応答があった。間違いなく、安寿ちゃんのお母さんの声だった。雑音も騒音も聞こえない。電車に乗っているわけではなさそうだった。

「あ、私、ひよこ保育園の善福です」お仕事中、と言おうかどうか少し迷って、結局「すみません」とだけ続けた。

「すみませんって、あの、何か？」

相手の声は不審そうだった。無理もない。子供が園にいるならともかく、いないのにいったい、何の用があるというのか。

佳寿美は単刀直入に切り出した。

「あの、間違っていたらすみません。もしかして安寿ちゃん、昨日から行方不明なんじゃないですか？」

一瞬、息を呑む気配が伝わってきた。しかし相手は無言のままである。

「昨日、園長先生に電話をされた後、すぐにまた『見つかった』とかけてこられましたが、本当は違いますよね。迷子になったんでなければ、連れ去った相手に心当たりがあった、でも園には言えない事情があった……そういうことですよね」

ひたすら、沈黙が続く。

「これは私の想像ですが」と前置きしてから、佳寿美は思い切って言った。「あなたは……と言うよりあなたがたご夫婦は、お子さんを園に入れるために偽装離婚をなさったのではありませんか？　もし違うなら、今すぐ違うとおっしゃってください」

少し待ってみた。だが、彼女は「違う」とは言わなかった。

よくあるとまでは言わないが、まるきり聞かない話でもない。待機児童が入園可能児童数を大幅に上回るような地区では、どうにかして優先順位をつけねばならない。その際、片親家庭は保育必要度がより高いと認定される。そこで、ペーパー離婚などという、思い切った賭けに出る夫婦も現れるのである。

政府がいくら待機児童の解消にこれつとめていますとアピールしたところで、「今すぐ」保育を必要としている夫婦には、絵に描いた餅でしかないのだ。

安寿ちゃんのお母さんがヒステリックな笑い声を上げたのは、佳寿美が『よいこランド』という知育教材と、そのビデオに出演している女性について触れたときのことである。ヒロくんが見たのが、本物の〈知世子お姉さん〉である可能性は高かった。一度見かけただけの園児の保護者の顔だって記憶できるのだ。まして、毎日のようにビデオで見ている顔なら、まず見間違えることはないだろう。

偽装離婚した夫婦間での子供の連れ去り、そこに第三の女性が絡んでくるとなれば、相当に不穏なシナリオが浮かび上がってくる。

「馬鹿な話ですよね」笑いの合間に、苦しげな声で彼女は言った。「離婚は紙の上だけのこと……そのはずだったのに。いつの間にか、本当に夫婦の気持ちが離れていたんだから」

そして何かつかえていた物が取れたように、彼女は話し始めた。知らないうちに、夫に別な女性ができていて、家には帰らなくなってしまったこと。それでも法律上は夫には何の咎《とが》もなく、彼女の方には何ひとつ権利がないこと。そしてその女性と再婚するにあたり、安寿ちゃんの親権を再三にわたって要求してきていること……。

元妻が「うん」と言わないのに業を煮やし、強硬手段に出たといったところか。チャイルドシートまで用意していたのなら、完璧な計画的犯行だ。とりあえず連れてきてしまえば、「パパと一緒に暮らしたい」と娘に言わせる自信があったのかもしれない。

「娘とその相手の女性とは、必ずうまくいくって、自信満々だったわ。そのビデオ、夫が送って寄越したんですが、娘が喜ぶものだからよく観せていたんです。まさかあれに出てる女と……」

笑い声は、いつか嗚咽《おえつ》に変わっていた。

ひとつだけ、聞こうとしてどうしても聞けなかったことがあった。

――偽装離婚した相手っていうのは、ヒロくんのお父さんだったんですね、と。

5

聞かなくてよかったのだ。それこそ、佳寿美の妄想に過ぎなかったのだから。

親子遠足で、二組の親子が仲良くしている光景を見て、佳寿美は特別な関係について疑ってしまった。だってヒロくんのお父さんは、安寿ちゃんよりも早く来て、安寿ちゃんが帰った後でお迎えに来る。人見知りをするたちの安寿ちゃんがなついているのは、おかしいと思ったのだ。それに子供たちにしたところで、特別に仲が良かった――まるで、歳の近い姉弟のように。二人はどことなく面立ちが似通ってさえいた。

加えて、お父さんが〈事故〉で姿を消すタイミングが、あまりにもよすぎた。そして、二つの家に共通していた、マイナーな知育教材のビデオ……。

パズルのピースは、一見ぴたりとはまりそうな感じだった。けれどよく見ると、描かれている絵がまるで違っていた。

考えてみれば、ヒロくんと安寿ちゃんの家はごく近い。お休みの日に、近所の公園で顔を合わせない方が不思議だ。それにあの大伯母様は、誰かと口裏を合わせて平然と演技をやってのけるタイプにはどうしても見えない。第一、あれだけヒロくんを可愛がっているお父さんが、ヒロくんを捨てて安寿ちゃんだけを欲しがる道理もない。

今回の話を、たまたま電話をしてきた坂田りえにしたところ、彼女はいつものしゃらっとした口調で言った。

「実はさあ、佳寿美ってばそのヒロくんのパパって人のこと、好きなんじゃないのー？」

これだから大人ってやつは、とちょっとむっとする。

ヒロくんは、思ったよりも早く三日後には園に復帰した。門の前で立番をしていると、遠くから転がるように走ってくる、薄黄色の塊があった。

「かーずーみーせんせー」

力の限り叫んでいるのは、もちろんヒロくんである。新品らしいひよこ色のシャツを着ていた。たぶん、大伯母様に買ってもらったのだろう。ヒロくんはしゃがんで待つ佳寿美の胸に、真っ直ぐに飛び込んできた。

「せんせー、ふくらんでるね」

まるで究極美を褒め称えるような声で、ヒロくんは言う。だから佳寿美もにっこり笑って答えた。

「そうだよー、ヒロくんや、他のみんなをむぎゅって抱きしめて、抱っこするためにね」

ヒロくんは幸せそうに、うっとりと笑った。

だいぶん遅れて、ヒロくんのお父さんがひょっこりひょっこり杖にすがって歩いてきた。

「いや、先日はご迷惑をおかけしました」

一重の目をさらに細めて、ヒロくんのお父さんは愛想良く言った。佳寿美は彼にとんでもない濡れ衣を着せかけていたことを思い出し、どぎまぎしながら言った。

「もうお仕事に戻られるんですか？」

骨折をしたという右脚にはギプスが嵌《は》められ、爪先にはサンダルを引っかけている。スーツ姿とはあまりにちぐはぐで、痛々しかった。

「足以外は何ともないから、仕事はできちゃうんですよね。通勤がしんどいですが、しかたありません。サラリーマンは辛いですよ」

「もうしばらく、伯母様のところでお世話になっていればよかったのに」

その方が、職場にも近そうだ。

「私の足が完全に治る前に、伯母が倒れてしまいますからね」

　とヒロくんのお父さんは苦笑した。確かにあのくらいの年齢だと、三歳児のパワーは持て余してしまうかもしれない。早くも大伯母様が音《ね》を上げてしまったのかもしれなかった。

「早く再婚してくれないと、自分の身がもたないと散々愚痴られましたよ」

　父親の言葉に、ヒロくんが素早く割り込んできた。

「かずみせんせーとパパがけっこんすればいいっていってたよねー。あのひとはいいひとだからって」

「こらこら」

　ヒロくんのお父さんが慌ててたしなめる。今度は佳寿美が苦笑する番だった。

「私、いつもそうなんですよね。お見合いをしても、相手のご両親には気に入られるんですけど、肝心のお相手には……」

「そりゃ、見る目のない奴だ」

　さらりと言われ、思わず相手の顔を見やったとき、ヒロくんが嬉しそうに叫んだ。

「あっ、あっちゅっちゃだ」

　自転車置き場から、ひと組の親子が歩いてくるところだった。

　安寿ちゃんのお母さんは、少しきまり悪そうに佳寿美を見て、それからにっこりと微笑んだ。笑うと、確かにこの人はなかなかきれいだった。

ヒロくんはさっと安寿ちゃんの手を握り、上手にリードしながらさっさと門の中に歩いて行ってしまった。

「……我が子ながら羨ましい性格だなあ」

心底羨ましげにヒロくんのお父さんは言い、佳寿美と安寿ちゃんのお母さんは、顔を見合わせて笑った。

緑の森の夜鳴き鳥《ナイチンゲール》

1

夜が、少しずつ密度を増しながら、ゆっくりと冷えていく。

深夜勤の日には、心も体も重たくなる。順番が回ってくるのが、いつも憂鬱《ゆううつ》でたまらない。

井上緑が勤務しているのは、外科と内科の混合病棟だ。末期癌《がん》や重度の心臓疾患を抱えた、ひどく状態の悪い患者も多い。そして彼らが亡くなるのは、かなりの確率で、人手の少ない深夜のことだ。

末期の膵臓《すいぞう》癌で、もう一週間も前から、いつその時が来てもおかしくないと言われているおばあちゃんがいる。ひっきりなしに見回って、痰《たん》を吸引したり点滴をしたりすることで、かろうじて命をつないでいる。むろん、食事はおろか、動くこともしゃべることもできない。

こういう、無理矢理生かされているような患者を見るたび、緑は実家の母のことを思い出す。もっとも、緑の母親は元気でぴんぴんしている。おかしな連想だが、緑の脳裏に浮かぶのはシャンプーのボトルだ。

締まり屋の母親は、詰替用のシャンプーを買ってくるたびに二本の空きボトルに半分ずつ注ぎ分け、残りを水で薄める。緑はそれが嫌で仕方がなかった。これに端を発した下らない喧嘩《けんか》も、山ほどした。だが母親は「もったいない」の一点張りで、決してその習慣をあらためようとはしなかった。今では病院付属の看護師寮に住んでいる緑だが、実家に帰るときには必ず自分のシャンプーを持参する。馬鹿みたいだ、と思う。

終末医療なんて結局は、減った分だけシャンプーのボトルに水を注ぎ足していくようなものだ。水で割り、水で割りしていくうちに、ボトルの中身は終いにただの濁った水になる。もう香りもなければ、あぶくひとつ立つでもない。

緑は、目の前に横たわる老婆に、どんよりとよどんだ水を見た。点滴の針が突き刺さった腕は、すっかり肉が削《そ》げ落ちてしまい、まるでミイラのようだ。傍らに立つ緑よりはむしろ、ミイラとの方が近い場所にこの人はいる。生きているって何なのだろうと、シンプルで深刻な疑問が緑の胸に湧き起こる。

静かだった。

点滴の薬を替え、記録をつける。褥瘡《じょくそう》ができないよう、そっと体位を変え、体をさする。それでも、瀕死の患者はぐっすりと眠っている……死んだように、という形容はこの場合、まったくのところ洒落《しゃれ》にならない。

ふいに、不安になった。あまりにも静かすぎた。患者からは、生きているものの気配が、まるで伝わってこない。

緑はそっと掌《てのひら》を患者の鼻先にかざした。ごくかすかにだが、温かい湿った空気の流れを指先に感じた。

緑はほっと息をついた。そのとき、患者の両の目が、くわっと開いた。どきり、とする。

「……お目覚めですか、石尾さん」

できるだけ笑顔を作って話しかけるが、その言葉が相手に届いているのかどうかも覚《おぼ》束《つか》ない。まるでガラス玉のような目は、数秒の間、何もない空間を見つめていた。そして、しなびた瞼《まぶた》はふたたび閉じられた。

——自分は生きている……今のところは、まだ。

そう言われた気がした。

廊下を小走りに移動する靴音が近づいてきた。慌てて飛び出すと、二年後輩の恵子が緊張した面持ちで言った。

「あ、井上さん。今、外来の患者さんが救急車で運ばれてきて……自宅で容態が急変したんです。申し訳ありませんが、あと、お願いします」

言い終えるなり、処置室に駆け込んで行く。ナースステーションでは、複数のコールが一度に鳴り出した。一人は、隣のベッドの患者が唸《うな》り声を上げるからうるさくて寝られない、という苦情。もう一人はトイレの介添えの依頼。前者をなだめすかして後者の方に行こうとしたら、ドクターに呼び止められて点滴の準備を頼まれる。運び込まれた外来患者は既に危篤状態で、恵子は完全にパニックに陥っていた。手早く点滴の支度を済ませてから、ナースコールをした患者の元へ向かう。彼の個室には吐き気を催すような臭気が漂っていた。間に合わなかったのだ。

両足骨折の五十代の男性である。プライドを傷つけられた彼は、無理もないことだが緑を口汚く罵った。ひたすら謝りながら男の身体を清め、汚物の処理をする。空気を入れ換えましょうねと細めに開けた窓の向こうには、薄っぺらい月があった。

苛立たしげにナースコールが鳴った。先刻の患者と同じ人物で、やはり隣の患者がうるさいと言う。行ってみると唸り声を上げているのは癌患者で、こんなに痛みがきついなら死んだ方がましだと緑に訴えた。当直の研修医に、もう少し強い痛み止めを出してもらえないか、かけ合ってみたが、自分にはわからないから明日担当のドクターに聞いてみてよ、とあっさり言われた。

恵子が急患にかかりきりになってしまったため、彼女が担当する重症患者も見回らねばならない。点滴の薬品を替え、血圧を測り、体の向きを変えてやり、記録をつける。

そうしている間にも、ナースコールは鳴り続けている。

闇の色がもっとも濃くなった頃、三十分前までは確認できた石尾さんの呼吸が、止まっていた。心電図のモニターは、一直線になっている。

呆然《ぼうぜん》とする間もなかった。やることは山ほどあった。ドクターを呼び、無駄とわかっている心臓マッサージをした。口腔内にチューブを押し込み、エアバッグを使って人工呼吸を試みる。家族に連絡を取るためにその場を離れながら、緑は思う。

私なら。もし私なら、死んだらもう、そっとしておいて欲しい。やがて駆けつけてくる家族に「できる限りのことはしました」と言うためだけの処置なんて、自分ならごめんだ。

やがて空がわずかに白みかけた頃、緑はすっかり清めた遺体を霊安室に運んだ。

「……もう痛くないね、おばあちゃん」

そっと、声をかけてみる。自分の声が、固い壁や床に虚ろに響く。まるでそれに応えるように、遺体の喉から「ひゅー」というかすかな声が聞こえた。

別に驚くようなことではなかった。死後硬直の過程で遺体から空気が漏れ、こんな音を発することがあるのだ。話にも聞いたことがあるし、緑自身、一度耳にしたことがあった。まるでうめき声のように聞こえることもあるらしい。が、知識として知っていて、何度経験していようと、やはり怖いことは怖い。ことに夜、たった一人で霊安室にいるときには。

いたたまれなくなって、緑は部屋を飛び出した。そのままエレベーターに乗り、最上階に向かう。

屋上の給水塔の横が、緑が病院内で唯一落ち着ける場所だった。新人の頃、師長や先輩に叱られて一人泣いたのも、この場所だった。

東の空にはほんのひとはけ、暗い朱が加わっていた。冷え冷えとした空気に包まれていると、今もナースステーションで鳴っているかもしれないコール音のことを、一瞬だけ忘れることができた。体に四六時中まといついてくる、汚物や血液や薬品や、重症患者が発する何とも言えぬすえた臭いを、夜明け前の冷気が洗い流してくれるようだった。

「……井上さん？」

突然呼びかけられ、緑はびくりと振り返った。緑が担当している患者の一人が、そこにいた。確かまだ大学生の、男の子である。

「美沢《みさわ》くん、ここは患者さんは立入禁止なのよ」

わざと厳しい調子でたしなめたが、寒さでその声は少し震えていた。

美沢はわずかに目を見開き、小首を傾げるように言った。

「どうして泣いているんですか？」

そう聞かれて初めて、緑は自分の頬を涙が伝い落ちていることに気づいたのだった。

2

気が強いとか、男勝りだとか、よく言われる。一度などは、実の兄の頬を思い切りはたいたことがあった。看護学校を卒業して、学校と同じ敷地内にある病院に勤務することが決まったときのことだ。それじゃ私は病院の寮に入るからバイバイね、と緑は明るく家族に別れを告げた。すると、社会人にはなっているものの、学生時代と変わらず極楽とんぼな兄がぼそりと言ったのだ。

『その病院には入院したくないなー、お前みたいなきっつい看護婦がいるんじゃさー』

言い返す言葉より先に、緑の拳骨が兄の顔面めがけて飛び出していた。

そのときはもちろん、両親からも兄からも暴力娘だの何だの、ぎゃあぎゃあ責め立てられた。おかげで少しはしんみりしていたムードも吹っ飛んでしまったが、緑としては胸がすく思いだった。

それから二年ほど経って、初めて友人の結婚式に招かれたとき、緑はやたらと涙をこぼす花嫁を珍奇な生き物のように眺めていた。新婦による両親への感謝の手紙の朗読があったのだが、読み始める前から花嫁は盛大に泣いていた。そして花束贈呈で泣き、出席者お見送りでも顔をくしゃくしゃにして泣いていた。

花嫁の奈美は早くに辞めていったナース仲間で、緑とは同じ高校の出身だ。その縁で、結婚式にも呼ばれた。

思えば奈美はよく泣いていた。患者さんが辛そうだと言っては泣き、末期癌の告知を受けた患者の子供がまだ幼いと言っては泣いていた。患者からは好かれていたが、主任やドクターからは叱責《しっせき》を受けることが多かった。もちろんその都度、さめざめと泣いていた。

奈美の涙は、いつも緑を苛々《いらいら》させた。

奈美だけではない。

ナースステーションで。処置室で。更衣室で。緑は同僚の泣き顔を、山ほど見てきた。交代時の申し送りで不備を厳しく咎《とが》められ、涙を浮かべて謝る新人ナース。尊大な患者からまるでメイドのように扱われたと、悔し涙を浮かべた先輩ナース。小児病棟で、担当していた子供が亡くなったと告げた同期の、堰《せき》を切ったような涙。

緑は人前では決して泣かなかった。

混合病棟の中で、緑は新人の頃から、冷静で優秀なナースとして認められてきた。的確な判断力と機敏な動作を持ち合わせていたから、先輩ナースから特にいじめられるようなこともなかった。とはいえ決して可愛がられるタイプでもないから、人間関係ではうんざりするようなことも山ほどあった。どうにもならないことや、自らの未熟さを嚙《か》み締めて、深夜に給水塔の陰で一人泣くことだって、それはあったのだ。

ただそれを誰かに、とりわけ患者に見られてしまうなんてことは緑にとって屈辱的な事態だった。

美沢彰《あきら》は軽度の胃潰瘍《いかいよう》患者である。夜中に吐血して運ばれてきたのだが、若いだけあってその後の経過は順調そのものだ。きちんと消灯時間を守り、深夜に些細なことで何度もナースコールをするような困ったちゃんでもない。そして緑自身は忙しく、やるべき仕事は山ほどあった。だから彼のことを忘れてしまうのは、それほど難しいことではなかった——もし彰さえ、今まで通りの扱いやすい患者でいてくれたなら、だが。

「……彼、どうしちゃったんでしょうね」

「ああ、美沢くんのことでしょ？　礼儀正しいし、大人しいし、素敵な子だなって思ってたのに……」

「なんか、ワガママになったわよね、突然」

ナースステーションや処置室で、彰のことがそんなふうに噂されるようになるまでに、ほんの数日しかかからなかった。

病院食を「マズイ」と手をつけず、売店で菓子パンや袋菓子なんかを買ってきてもぐもぐやっている。いつの間にか携帯電話を持ち込んで、友達とおぼしき相手と延々としゃべっている。それを注意しても止めない。深夜までテレビを観たり、ポケットゲームをしたりしている。だから朝六時の検温の際に起こしても、ぐうぐう寝ている。

既に同室の患者から、苦情が寄せられ始めていた。

「単に地が出たんじゃない？　最初のうちは若い看護師さんも多いことだし、いいカッコしたかったんで我慢してたんでしょ。だけど最近の若い子はこらえ性がないからねえ。すぐに入院生活の不自由さに嫌気がさしたのよ」

年輩の師長はわけ知り顔にそう分析していた。自身、年頃の息子がいる彼女の言葉には、妙な説得力があった。

だが、緑にはそんなふうに思えなかった。彰の〈ご乱行〉が始まったのは、あの深夜勤の日からである。どうして泣いているのか尋ねられ、無視して走り去ったあの時点から、まるでラインマーカーでもひいたみたいに彼はわがままになった。それはもう露骨に、くっきりと。

緑の態度に拗《す》ねたのだとしか思えない。

いい歳をしてアホか、とため息が出る。

あのシチュエーションで、彼はいったい何を期待していたのだろう？　せっかく心配して声をかけてやったのに、恩知らずな看護師め……そう考えていることは、想像に難くない。

腹が立って仕方がなかった。

患者は王様じゃない。看護師は君主にかしずく奴隷じゃない。

緑は無意識に、爪をきりきりと嚙んでいた。

彰に限らず、嫌な患者なんていくらでもいた。体調が悪くてナースに当たり散らしたり、どさくさに紛れて胸やお尻を触ってきたり、自分でもできるような雑用を平気で押しつけてきたり、ドクターやナースに対して猜疑《さいぎ》心の塊だったり……。

看護師だって人間だ。嫌なものは嫌だし、腹が立つときには腹が立つ。にっこり笑っているから怒っていないと思ったら、大間違いだ。

「よーし」一人密かに緑はつぶやく。「次にあいつに注射をする機会があったら、下手くそを装ってうんと痛くしてやるから」

看護師ならではの仕返しである。

緑が剣呑《けんのん》な決意を固めたとき、一人の見舞客がナースステーションにやってきた。きつめのパーマを当てた、太った女性である。数秒考えて、それが彰の母親であることを思い出した。すらっと瘦《や》せた息子とは似ても似つかないのと、久しぶりに見かけたのとで、とっさにはわからなかったのだ。

彼女は仕事を持っているため、平日の面会時間には来られない。その代わり、土日には目一杯息子のそばにいて、あれこれと世話を焼いていく。

緑はちょうど引き継ぎを済ませたところだったから、会釈だけして出て行こうとした。

すると彰の母親は、不安そうに「あの、井上さん」と話しかけてきた。

「何でしょう？」

（私の勤務時間はもう終わったのよ）という内心の思いはかけらも出さずに、極上の笑顔で緑は尋ねた。

「彰ちゃんがベッドにいないんです」

おろおろと、彼女は言った。緑は微笑を浮かべたままで言った。

「お手洗いじゃないですか？」

ここは小児病棟ではないし、彰は絶対安静の患者でもない。手洗いにも売店にも好きなように行けるし、退院だってさして遠いことではないのだ。

「いいえ、おトイレにはいませんでした」

相手はきっぱりと断言する。男性用トイレを覗《のぞ》いてきたのかと呆《あき》れつつ、緑はにこやかに言った。

「それじゃ、売店かどこかですよ」最近はよく買い食いをしているようだし、と心でつぶやく。「ベッドでお待ちになっていないと、彰くんが戻られたとき、入れ違いになりますよ」

「そう……ですね。そうします。それにしてもあの子ったら、この時間に来ることは言っておいたのに。必要な物があったらママが持って行くって言ってあるのに、本当にあの子ったら……」

ぶつぶつ言いながら歩いて行く中年女性の背中を、緑は張りついたような笑顔を浮かべたまま見送った。

エレベーターホールでボタンに手を伸ばしかけ、ふと気が変わった。閉まりかけていた目の前のドアの隙間に、素早く身を滑り込ませた。それは上階に向かうケージだった。

屋上に出るのは、あの日以来だった。夕刻に向かう直前の、冗談みたいに明るい空が半天に広がっている。

たぶんここだろうと、なぜか思ったとおりの場所に彼はいた。ブルーのパジャマを着た彰が、手すりに寄りかかるようにしてこちらに背中を向けていた。

「――ママがお探しよ、彰ちゃん」

緑の意地悪な呼びかけに、彰はびくりとし、顔を赤くして振り返った。その右手の辺りから、うっすらと紫煙が立ち昇っている。思わず緑は眉を吊り上げて叫んだ。

「何してるの？　どうして煙草なんか……胃潰瘍には一番良くないって、知っているでしょ？」つかつかと近づいて行って、相手の手から火のついた煙草をむしり取り、ナースシューズの踵《かかと》で踏みにじった。それからきっと顔を上げた。「最近のあなたの行動は目に余るわ。それに病識がないにもほどがある。私たちスタッフが患者さんを一日でも早く治したくて積み上げてきた努力が、一本の煙草でふいになっちゃうのよ。わかっているの？」

早口にまくし立てる緑の顔を、彰はまじまじと眺めていたが、やがて小さく笑ってつぶやいた。

「……知っているよ、これでも医者志望なんだから。先生の注意だってちゃんと聞いていたし、覚えている。ストレスをためちゃ駄目、煙草は駄目、カフェインも駄目……だから煙草だって吸うし、コーヒーだってこっそり飲んでいるんだ」

「……あんた、馬っ鹿じゃないの」呆れるあまり、緑の口調はつい乱暴になった。「今度こそ、胃に大穴が空くわよ」

「いいさ、別にそれでも。偉い先生や優しい看護師さんたちが、寄ってたかってまた治してくれるんだろ？　病人がいなきゃ、あんたたちは困るくせにさ、客に向かって恩着せがましいんだよ」

ふてくされたように相手が言った瞬間、パンッと小気味よい音が屋上に響き渡った。

実の兄はともかく、患者をはたいたのはさすがの緑も初めてだった。

——いくらなんでも、ちょっとまずかったかしら？

緑が自分の右手を見つめていると、

「——なんであのとき泣いていたのさ」

頰を押さえながら、ふいに彰はそう聞いた。やや怯みながらも、緑はつんと顎《あご》をそびやかせた。

「あなたには関係ないわ」

「あの、おっかなそうな師長さんに叱られたの？　それとも先輩にいじめられたとか」

「まさか、新人じゃあるまいし」緑は軽く肩をすくめた。「……担当していた患者さんが亡くなったのよ。この仕事をしていれば、しょっちゅうぶつかることよ。だから余計、あなたみたいな患者さんには腹が立つの」

緑の言葉に、なぜか相手はにこりと笑った。

「あのさ……もし、俺がここから飛び降りて死んだら、やっぱり泣いてくれる？」

緑はまじまじと相手を見やった。

彰は決して本気で言っているわけじゃない。本気なら、撫でてくれるのを待っている子犬みたいな顔なんてできないはずだ。

だから緑は、容赦なく言った。

「馬鹿言ってるんじゃないわよ。目の前で飛び降りなんてされたら、責任問題じゃない。大迷惑だわ」

「冷たいなあ。一応担当でしょ」

案の定、彰は当てが外れた子供のように口を尖《とが》らせた。

「ママが泣いてくれるわよ、きっと」

自分でも意地悪だな、と思うような口調で緑は言った。言ってしまってから、相手の傷つけられたような表情に、少しだけ後悔した。

「そりゃ、泣くだろうね。せっかく苦労して育てたニワトリが、金の卵をひとつも産まないうちに死んでしまえばね」

「金の卵？」

「俺の母親はね、俺を医者にしたがっているんだよ。俺がまだ小さい頃から、父親には見切りをつけちゃって、塾だの何だの通わされ続けたんだ。何が何でも将来は医者になれって言われればおしでね」

緑は首を傾げた。

「よくわからないんだけど。どうして医者なの？」

相手もそっくり同じ調子で首を傾げた。

「さあ。もうかるからじゃない？」

「甘いわね」切って捨てるように緑は言った。「親の病院を継ぐんならともかく、総合病院や大学病院に勤務する先生なんて、世間が思うほど稼いじゃいないわよ。特に研修医のうちなんて、激務なのにお給料なんてほんのお小遣い程度よ。休みの日にアルバイトしなきゃとてもやってけないくらい。診療報酬だって今後の雲行きが怪しい感じだし、病院の経営状態によっちゃあ、スタッフのお給料が下がることだってあり得るわね」

彰は苦笑して言った。

「うちの母親に言ってやってよ、そういうことは」

「言ったら、『じゃあ止めた』ってことになるかしら?」

「まっさか。私立の小中高にいくら、塾だの家庭教師だのにいくら、大学の入学金でいくらって、今まで俺に投資した金額をずらずらっと並べて、今止めたらそれがパーだって泣き叫ぶよ、きっと。あたしたちの老後はどうなるのってね。いつもそうなんだ。『勉強しろ、勉強しろ』ってやかましく言うのは、あなたの将来のためなのよ、なんて言いながら、結局は自分のためなんだ。それがあんまり見え透いてて、自分の親ながら情けないよ」

「……もしかして、胃潰瘍になったのはそのストレスが原因なわけ?」

彰はまごついたように視線を泳がせ、緑はふんと鼻を鳴らした。

「馬っ鹿じゃないの? 親も親なら子も子よ。子供への投資なんて、ハイリスクローリターンと相場が決まってるし、胃に穴が空くほど嫌なら従わなきゃいいだけのことなのに。それを、こんなとこでこそこそ煙草をふかしてずるずる入院を長引かそうなんて、何の解決にもなっていないじゃない。甘ったれんのもいい加減になさい」

腰に手を当て、仁王立ちでそうまくし立てる緑を、彰は呆気にとられたように見つめている。

「ついでにもう一度言わせてもらえば、ここは患者さんの立ち入りは禁止なの。さっさとベッドに戻りなさい。じゃあね」

そう言い捨てて立ち去るとき、緑は密かに思っていた。

ああ、すっとした、と。

3

「――あれ？　ひょっとして緑ちゃんじゃない？」

私服に着替えて待合室を靴音も高く突っ切っていると、ふいに声をかけられた。カナリヤ色のスーツを着た美人が、にこにこ笑いながら立ち上がるところだった。

「……チーズ先輩」

緑は口をぽかんと開けて立ち止まった。

「思いがけないところで、思いがけない人に会うものね。元気って聞くのも変か」

彼女が小さく笑ったところで、マイクを通した声が響いた。

「牧知寿子様、牧知寿子様、八番会計窓口までどうぞ」

「あ、ちょっと待っててね。支払いを済ませてくるわ」

そう言い残して軽やかに歩いていく様子は、とても具合が悪いようには見えない。

彼女は緑と同じ高校の卒業生で、一学年上にいた人だ。二人とも、ソフトボール部に所属していた。『私ってば頭がよくって可愛くて』なんて自分でけろりと言えてしまい、そしてそれがまったくの事実であり、しかも嫌みにならないという不思議なキャラクターの持ち主だった。不思議と言えば彼女がソフト部に籍を置いていたということ自体、いかにも不思議ではあった。あまり運動神経が良い方ではないことはともかく、彼女は心臓病というハンディを抱えていたのだ。

とはいっても、特に深刻な病状ではないのだと聞いている。実際、そうでなければ運動部へなど入部できなかっただろう。

緑の勤務する病院は、心臓病の権威としても知られている。案の定、いそいそと戻ってきた知寿子は、明るく笑って言った。

「定期検診なのよ。ほんとは年に一度来なきゃいけないんだけど、ここ何年かさぼっちゃってて……先生に叱られちゃったわ」

「それはいけませんね」

ついついナースの口調と声になる。

「緑ちゃんたら女医さんみたい」とからかわれた。

「外れ。看護師です。この病院に勤め始めてもう三年目ですよ」

「そっか。看護学校って三年制なのね。私も勤め始めて三年目よ」

「看護大学なら四年制ですよ。定時制もそうだし。色々ですよ」

「そうなんだ。でも、そんなことより、ね、ね」知寿子は浮き浮きした口調で言った。「今、帰るところだったんでしょ？　近くでお茶でもしない？　せっかく会えたんだから」

緑としても、断る理由はまったくなかった。

駅前の喫茶店で、何だか緑ばかりがしゃべっていた。知寿子は看護師という職業に興味を持ったらしく、しきりに看護学校時代のことや、現在の仕事のことを聞いてきた。昔から、そうだった。好奇心の塊みたいな人で、それも下世話な好奇心では決してなくて、私はあなたのことが知りたいの、あなたに興味があるのというようなオーラを、いつも全身から発している人だった。

いわゆる聞き上手とは、こういう人のことを言うのだろう。たいていの人は、自分のことを話すのが大好きだ。だからみんな、知寿子のことを好きになる。気持ち良く、居心地良くさせてくれるから。ソフトボール部で、たとえ彼女が底の抜けたバケツみたいにエラーして、チョモランマみたいな三振の山を築いていても、それでもチームのみんなは彼女のことを好いていた。

緑だって、知寿子が好きだった。こうして彼女を相手に話していると、それまで苛々とささくれ立っていた気持ちも、すっと滑らかに穏やかになる。何だか不思議な人だ、と思う。

緑が看護学校時代に暗記させられた、ナイチンゲール誓詞の一節を、ことさら大仰な口調で暗唱してみせると、知寿子は以前と同じ朗らかさでくすくす笑って言った。

「ナイチンゲールって言うと、私なんかはまず鳥の方を思い浮かべちゃうけどねー。そっか、偉人伝の中に、そういう名前もあったわねえ」

「え？　そんな鳥、いるんですか？」

当然ながら緑にとって、ナイチンゲールはクリミアの天使以外の何者でもない。

「いつだったか、テレビで観たことあるわ。姿形はものすごーく地味なんだけど、鳴き声が素晴らしくきれいなの。夜にしか鳴かなくってね、小夜《さよ》鳴《な》き鳥とか夜鳴き鶯《うぐいす》とも訳されているそうよ。そういえば鶯も、見かけはとても地味よね」

「夜に鳴く鳥……ですか」

何とはなしに、数日前の自分の姿を連想した。夜の屋上の給水塔の陰で、惨めったらしく鳴く一羽の小鳥……それが自分だ。

「何かあったの？」

ふいにそう聞かれて、緑は「え？」と顔を上げた。

「今、なんか遠い目をしてたよ」

緑の顔を覗き込むようにして、言う。

のほほんとしているようで、妙に勘の鋭いところのある人なのだ。

緑の中で固く閉ざされていたはずの蓋《ふた》が、ふいにするっと開いた感覚があった。

「別に、なんかあったってわけじゃないんですよ」

なぜか、管を巻いている酔っぱらいみたいな声が出てきた。今飲んでいるのは、ビールじゃなくてコーヒーなのに。

それからまるで、酔っぱらっているみたいにとりとめのない話が、次々に緑の口から飛び出した。深夜に鳴り響くナースコールや使えない研修医や運び込まれる急患や癌に体を蝕まれて死んだ老婦人や遺体の喉から出てきた気味の悪い声や給水塔の陰で泣く緑自身やわがままになった男の子やその母親や……。

そのすべてを、知寿子は驚くべき忍耐力で黙って聞いていた。はっと気づいて緑は言った。

「ごめんなさい、私ったら愚痴っぽくなっちゃって……自分のことばっかり言ってますね、私」

だが、そんな謝罪など聞こえていないように、知寿子は熱心な面持ちで尋ねた。

「あのね、その亡くなられたおばあさんと、彰って男の子の部屋は近かったんじゃない？」

「ええ、斜め向かいですから、近いと言えばまあ……」

近いのだろう。通常、男女は同室になることはないのだから、接近している例だとは言える。

「石尾さん、だっけ」話に出てきた固有名詞を、知寿子は正確に反復してみせた。「そのおばあちゃんが亡くなったのを、彼、知っていたんじゃない？　斜め向かいの部屋なら、その騒ぎは伝わってくるでしょ。すぐ近くで人が亡くなるなんて十代の男の子じゃなくてもショックだろうし、それで目が冴えちゃって眠れなくなった……そして何となく屋上に向かったら、担当の看護師さんが泣いていた。少し前の騒ぎと合わせて考えれば、涙の原因は明らかよね。だから彼は考えた。もし自分が今死んでも、少なくとも一人は、純粋に悼《いた》んで泣いてくれる人がいるってね」

「……もし自分が飛び降りて死んだらとか何とか言ってたことですか？　でもね、チーズ先輩。賭けてもいいですけど、あれはタチの悪い冗談ですよ。人をぎょっとさせて面白がってただけ。本気で言ったわけじゃないわ」

「そうかもね」知寿子は微笑んで言った。「でもね、緑ちゃん。往々にして、冗談や悪ふざけには本音が紛れ込んでいるものよ。本当に、死んじゃってもかまわないって思う瞬間が、その子にはあったのかもしれないでしょ。その歳で胃潰瘍になるなんて、何かよっぽどのストレスがあったのかもしれないじゃない」

「そう、かも、しれないけど……」

「けど？」

「ストレスなら私だって負けてませんよ」

知寿子はぷっと吹き出した。

「大丈夫よ。緑ちゃんは小規模噴火を繰り返して、それでちゃんとバランスを取っていくタイプだから」

褒められているんだかけなされているんだか、よくわからない。

「でも先輩、仮に、胃に穴が空いちゃったり、死にたくなったりするほど嫌なことがあったとして、あの豹変ぶりは何なんですか？　いきなりワガママ放題好き放題、甘えんのもいい加減にしなって感じ」

「だから、そう。甘えてるのよ、緑ちゃんに。自分が軽い胃潰瘍で、あまりかまってもらえないものだから……」

そう言って、知寿子はふっと笑った。

「冗談じゃありませんよ。看護師はベビーシッターじゃないわ」

言葉とは裏腹に、こそばゆい思いがあった。彰が入院したとき新人ナースたちがしきりに騒いでいたくらいで、彼はなかなかのハンサムボーイなのである。

もちろん、だからどうということはない。現実にはドラマみたいなことなんて、そうそう起こったりはしないのだ。

「ところで先輩」何だかきまりが悪くなって、緑はかなり強引に話題を変えた。「長瀬先輩はどうされています？」

長瀬里穂もまた、ソフトボール部の先輩だった。確か知寿子とは同じ大学に行っていたはずだ。部内でも、二人の仲の良さは際立っていた。

だが、知寿子はごくかすかに眉を寄せた。

「どうして誰も彼も、久しぶりに会うと必ず私に里穂のことを聞くのかしらね」

「そりゃあ……」言いかけて緑は首を傾げた。「今はもう、付き合いがないんですか？」

それには答えず、知寿子は小さくため息をついた。

「私さ、自分で言うのも何だけど、抜群に成績良かったじゃない？」

「そうですね」

思わず緑は苦笑した。この人は昔とちっとも変わっていない。

「志望大学だって、第一希望についての模試の結果はAだったわ。里穂も同じところを第一希望にしていたんだけど、あの子の結果はDだったの」

「はあ……」

相手が何を言いたいのかわからず、緑は曖昧に相づちを打った。

「なのに蓋を開けてみたら、二人仲良く落ちていたわ。そして二人とも、第二希望だったところへ通うことになったの」

　それは知らなかった。だが、第二希望とはいっても、世間的には充分通りの良い大学だ。

「そして就職活動を始めてみたら、二人とも同じ会社を志望してたわ」

「すごい偶然ですね」

「偶然……うーん、そうね、すごい偶然」

　知寿子は軽く肩をすくめた。

「それで、結果はどうなったんですか？」

「今度は二人とも受かったわ」

「でも、それじゃ……」

　付き合いが途絶えている、というのは変だ。

「私がね、土壇場で別の会社に就職することに決めたの」

「どうしてそんな……」

「馬鹿なことを？　それとも、意地悪なことを？」

「意地悪、なんですか？　何かあって、長瀬先輩のことが嫌いになっちゃったんですか？」

「嫌いになってなんかいないわよ」思いがけず強い調子で、知寿子は言った。「だって嫌う理由なんかないもの。どこの世界に、自分のことを心から好いていて、慕ってくれる人を嫌う人間がいる？」

「じゃあ、どうして？」

知寿子は少し困ったような顔をした。

「なんか、ね。重たくなっちゃったのよ」つぶやくように言ってから、ふいに目に見えない何かを振り払うように幾度か首を振った。「まあ別にそんな、大したことじゃないんだけどね」

それから小さくため息をついて、独り言のように言った。

「あの頃はほんと、楽しかったなあ……」

「高校時代ってことですか？」

「うん」少女のように、知寿子はうなずく。「当時のメンバーで一度、集まれないかしら」

「そうですね。同窓会みたいで楽しいかも」

緑も笑って応じた。確かに懐かしいし、久しぶりに会って話したい人は幾人もいる。

「じゃ、またね。そのうち連絡するわ」

緑の電話番号をメモした手帳をしまいながら、知寿子は立ち上がった。もう外は暗くなっていた。

「できれば一緒に食事していきたいとこだけど、今日は久しぶりに家で食べるって言っちゃったから」

彼女はまだ実家で家族とともにいるのだという。

「それじゃ、またね」

もう一度言って、知寿子はにこりと笑った。

だが、その〈また〉は二度と訪れることがなかった。そのくせ翌々週、思いがけずあの頃のメンバーがほぼ集まることになった。

知寿子自身の、突然すぎる死によって。

4

涙は、不思議と出てこなかった。

ただ呆気にとられていた。心臓が弱いといっても、当人がよく悪趣味な冗談のタネにしていたほどで、本当に深刻なものではなかったのだ。日常生活もごく普通に送っていて、人並みに仕事もしていた。まだ二十五歳という若さで、何より、つい二週間前に顔を合わせたばかりだった。

聞かされた心不全という死因は、何も物語っていないに等しい。そしてまた聞くところによると、ずっと残業続きで忙しく、その無理がたたったのだろうということだった。

あのとき知寿子は、『久しぶりに家で食べる』と言っていた。つまり、ずっと家で夕食を摂《と》れないくらい忙しかったということだ。検診のために休みを取るのだって、仕事のやりくりが大変だったに違いない。

しかしそれでも死んでしまったりはしない……普通は。だってまだ、二十五歳だったのだ。もちろん緑だって、若いサラリーマンが過労死してしまうような例を、知らないわけじゃない。だが、知寿子はいたって元気そうに見えていたじゃないか？　あんなに、にこにこ笑っていたじゃないか？

病気でもうすぐ死んでしまう人、死んでしまった人を、たくさん見てきた。そうした多くの不幸な患者さんたちと、輝くように笑っていた知寿子とを、どうしても同列に考えることができなかった。

勤務の間を縫うようにして、ぼろぼろの体を引きずりながら、通夜と葬儀に行った。途中、何とか仮眠を取ろうと横になったが、とうてい眠ることはできなかった。

斎場で誰かに、「大丈夫？　目の下、すっごいクマだよ」とささやかれた。

確かに、手洗いの鏡に映っていた顔は、ひどいものだった。手早く済ませたメイクなんかでカバーしきれるものではない。

今の自分の顔と、二週間前のチーズ先輩の顔とを並べて、どちらが急死しそうかと尋ねれば、たいていの人は迷わず自分を指差すだろう。

そう考えて、緑は苦笑した。鏡の中の疲れた自分も、苦く笑っている。

やはり涙は出てこなかった。


翌日、午後四時半からの準夜勤に入るべく、四時にナースステーションに入ると、そこは無人だった。しばらくして一人のナースが戻り、慌てたように言った。

「ああ、井上さん、ごめんなさいね。患者さんの一人が、行方不明なのよ。お昼を食べたところまでは確認されているんだけど、二時に検温に行ったらいなくて、その後ずっと姿が見えないの。今、みんなで手分けして探しているとこ」

緑の言葉に、同僚は硬い顔でうなずいた。

「〈お出かけ〉かしら」

「たぶんね」

二人は顔を見合わせて、ため息をついた。

入院患者がナースに無断で外出したり、ひどいときには外泊してしまうようなことは、ときおり起こる。閉鎖病棟ではないのだから、歩行が可能な患者なら、いくらでも行方をくらますことができるのだ。もちろん現場を預かる看護師にとっては、重大な責任問題である。白衣のままで街を探し歩き、たとえば近所の飲み屋で一杯機嫌になっている患者を発見したときの脱力感などは、とうてい言葉にできないほどだ。

「私も探すわ。で、いなくなったのは誰なの？」

「美沢くんよ。まったくもう、最近は大人しくしていると思ってたら、明日で退院ってときになって……」

ぶつぶつ言う同僚を後目《しりめ》に、緑はナースステーションを飛び出していた。


いつぞやとまったく同じ姿勢で、美沢彰は屋上の手すりにもたれて立っていた。

緑がナースシューズの靴音も高く近づいていくと、振り向いて笑った。子供っぽい、無邪気な笑顔だった。彼はポケットから実にわざとらしくライターと煙草を取り出し、ぎこちない手つきで煙草に火を点けた。

まるで、母親にかまわれたくてわざとおいたを繰り返す子供だ。あまりにもあけすけで見え透いていて、おかしかった。だから声を立てて笑った。

彰はむっとしたものか、動じないふりをするべきか、決めかねるといった顔をしている。

「……この間ね」静かに緑は言った。「私の高校時代の先輩が亡くなったの。たった二週間前に会って話をしたばかりだったわ」

その唐突な言葉に、彰はやはりどう答えたものか、あるいは無視するか、迷っているふうだった。

「きれいで、頭も良い人だったのよ、彼女。仲が良い友達がいて、その人と中学から大学までずっと一緒だった。就職まで同じところに決めかけていたのを、土壇場で他の会社にしたんですって」

「どうして？」

思わずつり込まれた、といった感じで彰は尋ねた。

「その友達の存在が、重たくなっちゃったんだって。詳しくは聞かなかったけど、何となくわかる気はする」

「その話と俺と、何の関係があるんだ？」

ふいに素っ気ない口調になって彰は言った。緑に頰をはたかれたことを、今になって思い出したのだろう。

「だって、美沢くんと同じでしょ？」

「何がだよ」

「親が重たい……っていうか、ママが重たいんでしょ？」

「うちの親はデブだよ、どうせ」

「比喩で言っているの。わかっているんでしょ？」

彰は答えず、煙草をくわえた。どう見ても、様になっているとは言えなかった。

「ねえ、教えて。あのとき、ほんのちょっとでも本当に死んでしまおうかって思ってた？」

彰は黙っている。風が吹き抜けて、彰がくわえた煙草をみるみる灰にしていく。やがて彰はくぐもった声で言った。

「……俺には『無理もない、可哀相に』って言ってもらえるほどの理由なんてないから。それどころか、とんでもない親不孝だとか、おおかた失恋でもしたんだろうとか勝手なことを散々言われて、親の方は同情されて……割に合わないよ、そんなの」

「やっぱり死にたかったんだ」

また長い沈黙があった。

「俺、さ」ひどく辛そうに、彰は話し出した。「先生から絶対無理だって言われてた私大に入れて……俺、色んなこと我慢して無我夢中で頑張ったし、だから誇らしかったんだ。どこかのマラソン選手じゃないけど、自分を褒めてやりたいっつーか、そんな感じ。それでさ……」

「それで？」

また沈黙が長引きそうだったので、緑はそっと促した。彰の頬が、すっと赤くなる。

「俺ずっと車が欲しかったんだ。ちっちゃい頃からミニカーとかが大好きでさ、憧れてて。教習所通って免許も取って……大学に受かったら何でも買ってやるって言われてたし、で、思い切って言ってみたら、うちにはもうお金がないって言われた」

「入学金とか学費とかのせいで？」

「最初はそうだと思っていたんだけど、大学に多額の寄付金を払わなきゃいけないんだとかなんとか、そんなことを言い出して……それがなんか様子が変で。妙に恩着せがましいし、それでいて後ろめたそうだし」

「それってまさか……」

「そうだよ、裏口入学だったんだよ」喉から絞り出すように彰は言った。「入学後に寄付金名目で払えば法に触れないんだとか、みんなそうしているんだとか、馬鹿なことを言うんだ。俺は……自分の努力が報われたんだと信じて……単純に喜んでいたってのに」

彰の両目から、ぽろぽろと大粒の涙がこぼれ落ちた。そして子供のように泣きじゃくった。緑の胸が、きゅっと痛んだ。彰が、哀れだった。

「もううちにはお金がない、か」長い吐息とともに緑は言った。「まさに同じことを、私も親に言われたわ」

彰は涙に濡れた顔を上げた。

緑が看護師になることを決めたのは、高校二年の秋のことで、それは多分に経済的事情からだった。その年、兄がやたらと金のかかる私立大学に入学し、両親は『もううちには蓄えはない』と宣言したのだ。あまつさえ、母親はこう言った。

『女の子なんだし……いいわよね』

遊んでばかりいた兄よりは、妹の緑の方がよほど勉強はできた。事実、通っていた公立高校も兄の卒業校よりは数ランク上だ。なのに兄より後から生まれたから、そして何より女だからという理由で、学費を出してもらえない。この理不尽な現実に、緑は怒るよりも泣くよりも、ただ脱力した。

奨学金を申請し、自らもアルバイトして……という道を、まったく考えなかったわけではない。だが、大学に入りながら勉強もせず、女の子と遊ぶ金欲しさにアルバイトに精を出している兄を見ていると、何で自分ばかりがとあほらしくなった。

――こんな家、さっさと出て行ってやる。

決意も固く、緑はそう思った。そして緑が選んだ進学先は、看護学校だった。卒業後、併設の病院で三年間働けば、奨学金が免除になる。つまり、タダで看護師になれるのだ。

もちろん、そうした道が用意されている背景には、看護師の離職率の高さがある。白衣の天使という言葉とは裏腹に、その過酷な労働環境は３Ｋなどとも言われ、慢性的な看護師不足を招いている。三年間のいわば年季奉公は、学費を肩代わりしてでもペイする、ということなのだろう。

緑が決めた進路について、周囲の反応は様々だった。両親は、とりわけ母親は、『身内に看護師さんがいると、何かと安心よね』という言葉とともに、積極的に賛成していた。仲の良いクラスメイトは、『緑ちゃん頭いいのにもったいない』と言っていた。やはりクラスメイトだった奈美が、急にいそいそと接近してくるようになった。聞けば同じ看護師志望なのだという。緑は内心彼女のことを、どんくさくて頭も悪いと小馬鹿にしていた。その奈美は『先生に、君は優しいから看護師さんに向いているよって言われたの』と嬉しげに志望の動機を語っていた。

それらの反応全部に、緑はいちいちむかついた。娘に対してこれっぽっちも悪いと思っていないらしい母親にも、事情を知らないくせに気軽に『もったいない』なんて言ってくれる級友にも腹が立ったが、とりわけ奈美にはうんざりした。なぜ気づかないのだろう。先生が本当に言いたかったのは、「君は馬鹿だけど看護学校なら入れるんじゃないか」ってことなのだと。

ちりちりとした苛立ちを抱えたまま、緑は、高校を卒業し、看護学校に入学した。入ってまず叩き込まれたのが、ナイチンゲール精神だった。キリスト教信者にとっての聖書のごとく、ナイチンゲール誓詞はあらゆるところで大きな顔をしている。その内容が、緑には笑止千万だった。今どきどこの若い娘が、「我が生涯を清く過ごし」、「我が手に託されたる人々の幸のために身を捧げ」ることを望んだりするというのだ。

馬っ鹿みたい。

内心でせせら笑っていた。

しかし驚いたことに、この時代錯誤極まりない(と緑が考える)ナイチンゲール精神を、心から信奉しているとおぼしきクラスメイトもいた。もちろんあの奈美もその一人だった。とてもああはなれないと緑は思ったし、なる気もなかった。といって勉強も実習も手を抜く緑ではなかったから、純正天使の卵たちを押しのけて、成績は常にトップクラスだった。

そうして緑は親に一銭の負担もかけずに看護学校を卒業し、国家試験も楽々クリアしたのである。

「――偉いでしょう、健気《けなげ》でしょうって言いたいところだけど……」緑は自嘲気味に微笑んだ。「ほんとは違うの。意地を張ってただけなの」

本当は同級生みたいに、普通の大学に行きたかった。兄みたいに、バイトして遊んで、おしゃれしてボーイフレンドとデートしたりしたかった。さっさと結婚退職し、激務から解放された奈美が羨ましかった。

――不公平じゃないか。何で私ばっかりが、こんなしんどい思いをしなきゃならない?

そんなことは、あまりにも低次元にすぎて、高邁《こうまい》な精神なんてものとはほど遠すぎて、誰にもとても言えなかった。

なりたいものなんて別になかった。なれるものに、なるしかなかった。

「……きっと、たいていの不満や悩みなんて、そんなものなのよ。一度口に出した瞬間、どうしようもなく甘ったれたつまらないものになってしまうの。たとえば、美沢くんがご両親に車をおねだりしたこととかもね。だからずっと、誰にも言えなかったんでしょ」車のことも、不正な入学のことも、まっとうな羞恥心《しゅうちしん》を持っていれば、自分から他人に言えるはずもない。「……言えずに独りで悩んでいたのね……胃に穴が空いちゃうまで。馬鹿みたいだけど、ほんとに馬鹿だけど、でもわかるよ。私もおんなじだから」

口に出した途端に、自分は安っぽくて子供じみた甘ったれ人間になってしまう。

それが自分でもわかっていたから、緑だってずっと誰にも言えなかった。そんなこと、考えてもいない振りをしていた。自分さえ騙して、意地を張って、突っ張っていた。妹の気も知らないで、「看護婦の友達を紹介しろ」なんて言う能天気な兄を、軽蔑し、見下すことくらいしか、溜飲《りゅういん》を下げる術はなかった。胸の中にもやもやしたものがわだかまっているせいで、いつも緑は余裕がなかった。キリキリカリカリしていた。わざわざオブラートを引き裂いて、苦い薬を直接舌に載せるような真似ばかりしていた。人間の死というシビアな現実の前で、流した涙は結局は自分のためのものだった。

「……いつだって、自分のことばっかり。あんたや私の親のことをエゴイストなんて非難できないよ。私だって自分のことしか考えてないもの。白衣の天使になんか、なれやしないし、なる気もないの。私がこの仕事を選んだのは、つまらない意地のためだけなのよ」

そう言いながら、口許には相変わらず笑みを浮かべながら、緑もいつの間にか泣いていた。

今になって、チーズ先輩の死が胸に迫ってきた、ということもある。ようやく、リアルな現実となって。

しかしそれ以上に、自分が胸に溜め込んでいたものの正体が、あんまり下らなくて。あまりにも情けなくて。みみっちくていじましくて馬鹿馬鹿しくて……。

そして同時に、目の前の困った患者を今までよりずっと身近に感じていた。結局似たもの同士だったのだ、緑と彰とは。よく似た甘ったれ、相似形のエゴイスト……。

緑はポケットチーフを取り出して、まるで母親のように優しく彰の涙を拭いてやった。

それから尋ねた。

「それで？　これからどうするの？　明日にはもう退院なんでしょ」

彰は黙って首を振った。おそらく彼自身にも、どうしたらいいのかわからないのだろう。

「胃潰瘍ってだいたい七十パーセントくらいは再発しちゃうのよね」有能な看護師に立ち返って、緑は言った。「せっかく退院した患者さんが、一年以内にまた帰ってくるってケース、ちっとも珍しくないわ。だけどね……」

　フィルター近くまで灰になった煙草を、緑はそっと彰の指から抜き取った。それは結局、ろくに吸われていなかった。

「またここに戻ってきたら、承知しないから。今の十倍くらい怖い看護師さんになってやるからね」

「今だって充分おっかないくせに」両目を赤くしたまま、にやっと笑って彰は言った。「覚えてろよ。医者になったあかつきにはふんぞり返って、こき使ってやるからな」

　それはいたって素直じゃない、しかし紛れもない決意の表明だった。

「あああら、ひょっとして、この病院に勤務するつもりなの？」オーバーに首をすくめ、緑はくすくす笑った。「言っとくけど、あなたみたいなヤワな神経じゃ、研修医はやってられないわよ。私みたいなきついナースからいじめ抜かれたりしたら、今度こそ胃に大穴空いちゃうから」

「それまでに胃と神経を鍛えておくさ」

　彰は偉そうに胸を張る。

「そーゆーこと言ってると、三ヵ月後にまた救急車で運び込まれたとき、すっごい恥ずかしいよ。それと、医者になるためには難しーい国家試験ってものがあるんだからね」

　意地悪く笑ってみせながら、緑は思った。

たぶんまた、深夜に給水塔の陰で独り泣いたりすることもあるのだろう。けれど、きっと自分はこの仕事を続けていく。

そんな、確かな予感があった。

ナースになって今年で丸三年。〈年季奉公〉はまもなく明ける。

辞められないから、じゃない。誰のせいでもない。

自分の意思で、緑は今、この場所にいる。

紫の雲路

1

青と黄色を混ぜると緑になるのだ、ということは、子供の頃に『あおくんときいろちゃん』という絵本を読んで知った。そのときはただ、「ふーん」と思った。

小学校の図画工作の時間に、水彩画を初めて習った。白いパレットの上で、青と黄色を混ぜてみたら本当に緑になった。

ちょっと、感動した。


青と赤を混ぜたら紫になる。

そのことを誰かに教わったのか、それとも自分で発見したのかは忘れてしまった。とにかく、パレットの上で青と赤を混ぜたら鮮やかな紫になった。

そのとき、「なんでこんな色になるの？」とびっくりしたことを、よく覚えている。

小学生の描く風景画で、できてしまった紫はどこにも使いようがなかった。仕方がないから、たっぷりと筆に含ませて、空をその色に塗った。完成した絵を見て、先生は「目が悪いわけじゃないわよねえ」と少し眉をひそめた。仲の良かった友達は、「ヘンなの」と言った。

教室の後ろにずらりと並べられた風景画の中で、どう見ても一枚だけが浮いていたのだけれど、それでもあの色を捨ててしまわなくてよかったと思った。

紫色の空は、確かに変だったかもしれない。

でも、とてもきれいだった。

一度だけ、空が紫に見えたことがあった。

無理して合格した進学校で、勢い余ってソフトボール部なんかに入部してしまった。入部即戦力というお話にもならないような弱小部だったけれど、それでもお決まりの筋トレやランニングはあった。最初の練習で、校庭の周りをぐるぐる走っていたら、何周目かで「あれ、変だな」と思った。空の色が妙だった。おまけに地面がぐにゃりと柔らかかった。

あ、なんかヤバい……そう思ったときには、目の前が暗くなっていた。

気づいたら、保健室のベッドの上だった。傍らのスツールに部の先輩がいて、「あ、気がついた」と笑った。

「坂田さん、だっけ？　あなた、貧血起こしたのよ。体弱いの？」

そっと首を振った。たぶんその頃は、受験の後遺症で、自分で思っている以上に軟弱になっていたのだろう。

「そう」先輩は、また笑った。運動部には不似合いな、フェミニンな雰囲気の人だった。笑いながら彼女は言った。

「私はね、体弱いよ。子供の頃にはね、二十歳まで生きられないでしょうなんて言われてたものよ」

なんだってこの人は、こんなことをにこにこ笑いながら言うんだろう……まだ少しぼうっとする頭で、そう思った。

紫色の空の思い出だ。

2

あんまり美味しくないな、と思いながら、坂田りえは伊勢エビの半身をフォークでつついていた。ホワイトソースをかけてグラタン風にしてあるけれど、もうすっかり冷め切っている。冷えたグラタンをうやうやしく食べさせられるのは、結婚式場くらいのものだ。

岩槻《いわつき》の伯父さんの、長い退屈なスピーチが続いている。

「……あー、花嫁さんも先ほどお色直しをしまして、紫色のドレスがお似合いですな。花嫁さんのお名前はゆかりさん、ですな。ゆかりの色と言えば、紫のことですし、ゆかりの草と言えばムラサキという植物のことであります。まったくドレスの色ひとつとりましても、新婦の深い教養がおわかりになるかと思います」

りえはフォークを口許に運ぶ手を止め、人の悪い笑みを浮かべた。

姉のゆかりが婚約者と一緒にブライダルサロンに出かけたとき、りえは後学のためと称してくっついていった。要は、単純に暇だったのだ。

だが、ことは思っていたほどに気楽なものではなかった。姉はそれこそ乾坤一擲《けんこんいってき》の構えで臨んでいる。山のようにある純白のウェディングドレスの中から、ただ一枚を選び出すのには、うんざりするほどの時間が必要だった。ようようのことで姉が納得の一枚を選り出したときには、未来の義兄とりえとは二人そろって安堵《あんど》のため息をついた。だが、次の瞬間にはお色直し用の色ドレスが待ち受けていたのである。

最初の一枚を試すべく、係の女性と姉が試着室のカーテンの向こうに消えていったとき、二人は密約を交わした。とにかくゆかりが三度目に試着したドレスを、何が何でも大絶賛しよう、と。

今、ゆかりが得意満面で身につけているのがそれである。

「——あー、他には紫の縁《ゆかり》ですとか、縁睦《むつ》びなどという言葉もございます。ゆかり、すなわち縁であります。新郎と新婦が出会ったのも縁、それまで他人同士だった男女が夫婦になるということもまた、縁なのであります」

だんだんお坊さんの説法じみてきた。食べ終えた伊勢エビの皿を押しやりながら大あくびをしたら、間の悪いことに伯父さんとばっちり目が合ってしまった。

やがて長いスピーチも終わり、両親はビール瓶片手に立ち上がった。各テーブルにお礼かたがたお酌してまわるのである。

りえが口直しのシャーベットをすくっていると、岩槻の伯父さんがやってきた。両目がアルコールでうっすらと充血している。

「やあ、りえちゃん。何年ぶりかねえ……大学はもう卒業したんだっけ？」

「ええ」

お義理の微笑を浮かべて、りえはうなずく。

「あれだね、大学は出たけれどってやつだねえ、もう一年以上もぶらぶらしてるって聞いたけど、その後どう、相変わらずなの？」

眉間に皺《しわ》を寄せ、いかにも取って付けましたといった深刻な顔をしてくれる。だからりえも、相手に合わせてせいぜい深刻な顔をしてみせた。

「今の時代、就職はホント厳しいんですよお。伯父さんのコネで、何とかなりません？」

　教頭止まりで定年退職した元国語教師に、そんな人脈などあろうはずもないことを承知の上で、わざと甘えた声を出す。伯父は目尻に皺をいっぱい浮かべて笑った。

「そうだね、色々当たってみるよ。でもりえちゃんだったら、永久就職って手もあるよね。ゆかりちゃんの旦那さんみたいに、一流企業に勤めている人とかさ。誰かいい人はいないの？　ん？」

　――永久就職なんていつの時代の話だ。セクハラだぞ、このオヤジ。

　という内心の思いはおくびにも出さず、

「やだなあ、そんな人がいたらとっくに結婚してますよ。おねーちゃんを飛び越えてね。誰かいい人いませんかあ？　紹介してくださいよお」

　出来が悪くて愛嬌のある親戚の娘には、たいがいの人はとても寛容だ。伯父は目を細めてうんうんとうなずきながら言った。

「君がそんなことを言うようになるとはねえ……オジさんは君のおしめも替えたことがあるんだよ。あんな赤んぼだったのに、どうだろ、すっかり色っぽくなっちゃって。オジさんが歳をとるわけだよなあ」

「そんなことないですよお。まだまだ充分若いじゃないですかあ。さっきのスピーチだって素敵でしたよ。さっすが元、国語の先生……」

調子に乗ってそう言いかけ、はっと口をつぐんだ。しまった、さっきのあくびを思い出させてしまったかもしれない。

岩槻の伯父さんはふっと笑って言った。

「ゆかりちゃんもきれいだけど、りえちゃんのその服もよく似合っているね。まさに紫の雲路って感じだよ」

そのときりえは、紫と言って言えなくもない、淡い瑠璃《るり》色のワンピースを着ていた。胸とアップにした髪にピンクのコサージュをつけている。耳にはイミテーションパールのピアス。そして首には母から借りた一連のパールネックレス。こちらは本物。花嫁の妹として、派手すぎず地味すぎず、無難で当たり障りのない服装を心がけたつもりだ。〈紫の雲路〉の意味がわかりませんと言うのは何となく悔しくて（もちろん相手は小癪《こしゃく》にも、わからないのを承知の上で言ったのだ）、りえはただ、にっこり笑ってそれはどうもとだけ応じておいた。

結婚式の二次会にはあまり親族は出ないものだが、例によって暇だったりえは、ちょっくら顔を出してみるかという気になった。会場となる店で受付の若い男に「花嫁さんの妹なんですう」と可愛く言ってみたら、女性会費六千円也を請求されることもなく、タダで通れてしまった。「ラッキー」と、さすがに口の中でだけ、つぶやく。

多国籍料理の店ということで、冷製パスタやサンドウィッチ、各種のオードブルなどが大皿に盛られてカウンターに並んでいた。あの点心が美味しそう、などとさりげなくチェックを入れてみる。結婚式にも結婚式の二次会にも、出たのは今日が初めてで、何もかもが物珍しかった。次々と訪れる参加者は、やはり圧倒的に若い男女が多い。男性が新郎の友人、女性が新婦の友人といった単純なものではなく、それぞれの勤め先の同僚やら学生時代の友人やら幼なじみやらが入り乱れて、誰が誰やらまるでわからない。二人とも友達多いのねえと、素直に感心してしまう。

それでも観察していると、パーティの参加者たちはあちらこちらで小さな塊を形成しだしている。一番大きくて賑やかな集団にさりげなく近寄っていくと、「こないだ部長ったらさあ……」などという女性の声が耳に入り、ああ、お姉ちゃんの会社の、たぶん同期の人たちね、と推測できたりもする。

やがて司会役の男性がマイクを握り、その場を仕切り始めた。まもなく新郎新婦が入ってくるから、盛大な拍手を、と言う。あらかじめ用意されていたのか、クラッカーを構えている人も何人かいた。いいなあと思っていたら、誰かが手渡してくれた。

わくわくしてクラッカーをいじくっていると、ふっと明かりが消えた。次いで、気恥ずかしくなるようなラブソングが大音声で流れ、会場のドアが開いた。満面の笑みを浮かべた二人に、スポットライトが当たる。ほとんど披露宴のミニチュア版だった。

誰かがいち早くクラッカーを鳴らした。暗闇に、薄紫っぽい火薬の匂いが漂う。遅れてなるかとひもを引いたが、焦るあまりか手元が狂った。

りえが「あっ」とつぶやいたのと、クラッカーがけたたましい音を立てたのと、「わっ」という叫び声が起きたのとは、すべてほぼ同時だった。

りえのクラッカーは、ちょうど前に立っていた不運な男性の後頭部を直撃していた。

「きゃー、ごめんなさい」

皆の拍手や冷やかしの声や正しく使用されたクラッカーの音が響く中、りえはこそこそと前の男性に謝った。相手はさすがにちょっとむっとした顔で振り向いたが、現行犯たるりえとその手の中にあるクラッカーの残骸を見比べて、苦笑めいた笑みを浮かべた。

男が振り返った瞬間、はてこの人、どこかで会ったかしらと思ったが、りえの記憶はすかかだ。

「ほんとにごめんなさい。わざとじゃないんです。ちょっと手が滑って……」

言い訳めいた謝罪の言葉を並べながら、りえはせっせと相手の髪や肩に付いた細い紙テープをはたき落とした。その手首をふいに軽く握られて、どきりとした。

「わざとだなんて思っていないよ。ところで君、新郎の会社関係の人？」

——ひょっとしてこいつ、女なら手当たり次第見境なくっていう危険なタイプなんだろうか？

一瞬そう思ったものの、見たところそんなナンパ野郎という感じもしない。もっとも人は見かけによらないと言うが。

それよりも、相手は妙に気になる言い方をした。りえはさりげなく相手の手を振り払ってから言った。

「なぜ新婦の会社関係の人かとは聞かないの？　あ、ひょっとして、新婦の同僚の方？」

そのことは二引く一のように明らかなはずなのに、相手はにっこり笑ってはぐらかすように言った。

「さあ、どうだろうね」

俄然、興味を持ってしまった。何しろ、新郎新婦を除いては知り合いもいない。そしてその新婚夫婦は、友人たちに挨拶するのに忙しい。どのみち、暇潰しの話し相手を見つける必要があったのだ。

男は胸ポケットから名刺を取り出し、りえに差し出した。

「取り敢えずよろしく」

「あたし、名刺持ってませんけど」

「いいよ、別に」

「これ、名前と携帯の番号しかないけど、ナンパ用ですか？」

りえの言葉に、相手は苦笑して肩をすくめた。薄青い紙片の真ん中に、〈村崎一〉とある。

「ふうん、ムラサキさん、ね」

何となく口の中でつぶやいてみる。字面は普通だが、声に出すと変わった名前だ。それで思い出したことがあった。りえはちょっと身を乗り出して聞いてみた。

「あのですね。ちょっとお聞きしたいんですが、紫の雲路って、どういう意味ですか？」

「いきなり何だい？」

「いいから、知ってたら答えてください。知ってるんでしょ、ムラサキさんなら」

「いったいまた、どんなシチュエーションでそんな言葉が出てきたの？」

「あたしが紫っぽい色のワンピを着てたから」

これですこれ、と自分の服をつまんでみせたが、会場の照明では微妙な色合いは今ひとつわからない。

「君のことをそう言ったわけ？」

「あ、やっぱり悪口ですか？」

「別にそういうわけじゃないけど、人に対して使う言葉じゃないよ。君の勘違いじゃないのかなあ」

「で、どういう意味なんですか？」

焦れたりえはそう促した。相手は一瞬の間を置いてから、ぽつりと答えた。

「極楽の空のことだよ」

「極楽……天国のことよね」

りえは眉根に軽く皺を寄せた。あれは確か、りえが大学を卒業したものの、定職にも就かずにふらふらしているプータローである、ということを婉曲《えんきょく》な表現で言われた後のことだった。

「極楽、ねえ」

もう一度、つぶやく。要するに、極楽トンボだと言いたかったのだろう。君は働きもせずにいいご身分だねえ、と。

「あのクソオヤジ……持って回った嫌みを言いやがって」

口の中で小さくつぶやく。音楽と会場のざわめきで、そんな声なら誰にも聞こえない。

「それで」と村崎は言った。口汚い罵りが、あるいは彼にだけは聞こえたかもしれないが、少なくともそんな様子は見せていない。「新郎の会社関係の人たちは、どの辺りにいるかわかるかい？」

りえは男性メインの集団で、一番大きな塊を指差した。

「おそらくあの辺りにたむろしているかと。ああ、もう散りかけていますね。あたしも早く食べ物を取りに行かないと」

披露宴の後で、さほどお腹は空いていないものの、点心とデザートだけは押さえておこうかなと思う。

「ああ、それじゃ、また後で」

素っ気なくそう言うなり、村崎はりえがさきほど指差した方向へ歩いて行った。

「あらあら、りえちゃんたら誰と話していたの？　一人で大丈夫かしらと思ったけど、心配することなかったようね」

そう声をかけられ、ぽんと肩を叩かれた。振り返るまでもなく、本日のヒロインの登場である。今度はすっきりした白のミニドレスに着替えている。華奢《きゃしゃ》ですらっとしたゆかりには、とてもよく似合っていた。

「ね、今の人、見た？　お姉ちゃんの会社の人？」

「ううん、違うよ」姉は即座に首を振った。「けっこうハンサムじゃない。気に入った？」

「だからそーゆーんじゃなくって」

そのとき、「ゆっかりさーん」と甘えたような男たちのダミ声が聞こえた。見ると新郎を取り囲み、同僚とおぼしき男性たちが写真に写ろうとポーズを取っている。

「男ばっかで撮るのは寂しいから、こっちきて一緒に写ってくださいよー」

ゆかりは「はーい」とよそゆきの声で答えた。そして、

「ま、がんばんなさい。結婚式の二次会で出会ったってカップル、わりと多いらしいわよ」

笑ってそう言い残し、さっさと呼ばれた方へ行ってしまった。

会場の真ん中の、まばゆいライトがよく当たる場所で、式を終えたばかりのカップルと、黒っぽいスーツを着た男たちの集団とが身を寄せ合っている。

その背後の、光から外れた場所に、〈紫の雲路〉の意味を教えてくれた男が佇《たたず》んでいた。

どきり、とした。

村崎は、何だかひどく冷ややかな目をしていた。その顔には、ほとんど憎悪に近い表情を浮かべていた。

――お姉ちゃんを見ている？

根拠はない。ただ何となく、そう思っただけだ。

そのとき、りえの頭の中にぱっとある考えが浮かんだ。あの人ひょっとして、お姉ちゃんのストーカー？　お姉ちゃんはあれで、美人と言って言えなくもないし、でもとんでもなくうかつなところがあるから、全然気がつかないうちに思いを寄せられてたりして、で、全然気がつかないうちに結婚しちゃって、ストーカーとしては当然、腹が立っ

て仕方がなくて二次会にまで乗り込んで来ちゃって、懐には鋭いナイフが……。

「まさか、ね」

一人、つぶやく。ほとんど妄想だ。

りえはそのまま食べ物のあるカウンターに向かい、小さな変わり春巻きや、せいろの中で湯気を立てている海老シューマイなどを自分の皿に盛りつけた。海鮮焼きそばやパスタ類も美味しそうだったが、さすがにお腹は空いていないのでベトナム風だかタイ風だかのサラダを横に添えた。それをハムスターが餌を巣箱に持ち帰るような感じで、隅に持って行って味を見る。結婚式場の料理より美味しいじゃん、と思った。

りえが二皿目を盛りつけようと料理の間をうろうろしていると、またもや村崎の姿が目に入った。もっとも先方はりえなど、眼中にないらしい。ローズピンクのワンピースを着た女の子と、何やら熱心に話し込んでいる。

そのとき、喧噪《けんそう》に負けまいとしてか、いささか大きな声で「おーい、マキッ！」と叫んだ男がいた。

そのとき振り向いた人物は二人いた。白いスーツの女性と、村崎と。

当然ながら、叫んだ男は女性の知り合いらしかった。

「なによお、もう酔っぱらってるわけ？　エラソーに呼び捨てにしないでよね」

「ごめんなさーい、マキちゃん。マキ女王様、ひらにお許しを」

社内恋愛進行中といったところなのだろう、二人でじゃれ合っている。

彼らにひどく冷ややかな一瞥《いちべつ》をくれ、村崎はまたローズピンクのワンピースの方に向き直った。ひと言ふた言の会話の後で、「じゃ」という感じで歩き出す。

エビチリと鶏肉のカシューナッツ炒めを皿に盛りつけながら、りえは今のひと幕について考えてみた。ひょっとして村崎氏が横恋慕していたのはお姉ちゃんじゃなくて、今のマキちゃんだったのかしら？　それが別な男に取られちゃったものだから、むかつくあまり相手の男を陥れてやろうとか思って、男の職場の人間に色々聞き込みをしている、とか。いや別に、どうしても村崎氏をストーカーにしたいわけじゃないけど。

などと勝手なことを考えていると、その村崎と目が合った。一瞬どきりとしたが、そのまま行き過ぎてしまった。そういえば彼は何も食べていない。乾杯のときに、お義理のようにビールのグラスを手にしていただけだ。

りえはまた、隅のスツールに腰を下ろし、食べながら密かに村崎を観察した。

スーツ姿の男の人に声をかけている。相手は首を振る。また別な人に声をかける。今度は少し話し込んでいるが、やがてその人も首を振る。そして別な誰かを指差す。指差された男の人は女の人と熱心に歓談中で、村崎はその傍らに影のように立ち、辛抱強く話が終わるのを待っている……。

ここで、りえの皿が空になった。

品薄にならないうちに、デザートを取りに行かねばならない。お腹は空いていないと思っていたが、食べればけっこう食べられるものだなと思う。せっかく来たんだから、モトは取らなきゃね。会費払ってないけど。

りえが新しい皿にキャラメルタルトとチーズケーキとシフォンケーキを載せて指定席に戻ったとき、ゲームが始まった。お決まりのビンゴである。

ゲームに使うカードは受付の際に手渡されたものらしく、りえとしてはケーキを食べながら見物しているしかなかった。花嫁と花婿が代わる代わる数字を読み上げる中、いつの間にか隣に村崎が坐っていた。

「ゲームに参加しないの?」

そう尋ねられ、りえはわざとらしく声をひそめた。

「大きな声じゃ言えませんが、今日のあたしは無銭飲食で。それで景品をいただくほど、あつかましくはなれません」

「そのわりにはずいぶん食べてたようだけど」

「あらそんな」

とぼけようと思ったが、ケーキが三つ載った皿を持ったままではあまり説得力がないかもしれない。

ふいに村崎が言った。

「僕のカードを上げようか？」

「会費を払ったのにゲームに参加していないんですか？」

「景品に興味はないからね」

「ありがたいですけど、いまさら参加できないっすよ。今までに出た数字、もう忘れちゃったもん」

「僕は覚えているけど」

村崎は何でもないことのように言う。

「へえ、記憶力いいんだ」

「別に、人並みだよ」

どーせあたしは人並み以下ですよ、と心の中で拗《す》ねてみる。

「どうせ景品たって、大した物は当たりませんよ」

受け狙いの変装グッズとか、変なお面とか……テーブルに並べられた東急ハンズの包みを見ると、いかにもそんな感じだ。

「みんなはそう思っていないみたいだよ」ゲームに対する参加者たちの熱狂ぶりを、村崎は冷ややかに眺め渡して言った。「取り敢えず参加していないと、損をしたような気になるからだろうな」

村崎の、そんなどうということもないセリフが、なぜか胸に刺さった。

——参加したってどうせ、ろくな物が当たらないと決めたのはあたし。みんなと同じにしていられないのはあたしだ……。

「これでもあたし、高校までは賢い子の行く学校に通ってたんですよー」

りえの唐突な言葉に、当然ながら相手は不審げな顔をした。

「あー、酔っぱらっちゃったかなあ」りえは頬をぺたぺたと叩いた。披露宴では調子に乗って、乾杯のシャンペンと、紅白のワインのグラスを空けている。「記憶力だって、昔は良かったはずなのよね。おっかしいなあ、どうしてこうなっちゃったんだろ」

誰かが「ビンゴッ！」と叫んで意気揚々と前へ出て行った。

「こうなっちゃったってのは、どうなっちゃったことを指すわけ？」

村崎が尋ねた。

「……もう学生じゃなくて、かといって社会人でもなくて、何者でもないプーなあたし、ってことです」

「それは当人の責任だろ」

さらりときついことを言う。りえはあははと笑った。

「そりゃそうですね。あたしの数少ない友人の一人なんかは、高校の頃から保母さんになるって決めてて、そのための努力もしてて、今は立派な保母さんですよ。それに引き替えあたしなんかは、そんなパッションはかけらもなくて、当時も今もぼうっとしてるだけ、自分がいったい何になりたいのかが、未だにわからないんですよ」

「たいていのやつはそうなんじゃないの」あまり気のない口調で村崎は言った。「早いうちに自分が何になりたいか、わかっているやつは幸せだよ。その他大勢の人間は、単になれるものになっているだけだと思うけどね」

「あなたもその口なんですか？」

相手は苦笑めいた顔をした。

「まあ、そうだな。高校生の頃から『サラリーマンになりたい』なんて言ってるやつは、あまり見たことないだろう？」

「探せばいるかもしれませんけどね」

少なくとも、『ＯＬになりたい』と息巻いていた子はいた。ただし、『丸の内の』という地域限定条件が付いていたが。

「まあなんにしても」やや厳しい顔で村崎は言った。「君は恵まれているってことだろう。そうやってモラトリアムを決め込んでも、取り敢えず生活に困っているわけではなさそうだから」

「おっしゃるとおりの甘ったれです、あたしは。みんなそう言いますよ。いっそこのまま、親のスネをかじり倒して、立派なパラサイト・シングルの道を究めるのもアリかなと思っています」

自分が甘えていることくらい、知っている。ずっとこのままでいられないことくらい、知っている。誰に言われなくたって、それくらいはわかっているのだ。

「まあなんにしても」それが口癖なのか、村崎はまたそう言った。「君には時間がたっぷりある。焦ることはないよ」

思いがけず優しく言われ、戦闘モードに入りかけていたりえは、かえって戸惑ってしまった。

「どうも……」と口の中でつぶやいたとき、ビンゴの最後の景品が誰かの手に渡った。

「それじゃ、また後で」

そう言い残し、村崎はまた人混みに消えていった。

また、が本当にあるのか？

大いに疑問だったが、口の中が甘くなってしまったので、取り敢えずコーヒーをもらいにカウンターに向かった。そこには先客の男性がいたが、振り向いてりえの姿を認めると、「どうぞ」と手渡してくれた。さらに甲斐甲斐《かいがい》しく尋ねてくれる。

「砂糖とミルクはどうする？」

丸顔の、いかにも人が良さそうな感じの男だ。

「あ、いいです。ブラックで」

いまさらではあるが、カロリーオーバーも甚だしい一日だった。

「花嫁さんのお友達ですか？」

自分の分のコーヒーを注ぎながら、男の人が聞いてきた。

「妹です」

「へえ、似てない姉妹だね」

「どっちも美人だけど？」

茶目っ気を出して言ってみたら、相手も調子よく「そうそう」なんてうなずいてくれた。

「どっちかっていうと、僕は君の方がタイプかな」アルコールが入っているのか、やけに口が滑らかだ。「じゃ、僕は君のお義兄さんの同僚ってことになるわけだね。よろしく」

そう言って男は名刺を差し出した。会社名の下に総務部総務課とあり、真ん中に〈正田満〉とある。丸顔の彼に、似合いの名という気もする。

「ようよう、正ちゃんよ。ナンパかい？」

少し離れたところから、からかいの声が飛んできた。

「うるさいなー、そんなんじゃないよ」

正ちゃんは心持ち顔を赤くする。なんだかすごくいい人っぽい。

「今、声をかけてきた人も、同じ会社の人なのね？」

問題の人物の前に、ちょうど村崎がすっと立ったところだった。

「ああ、あいつは営業部。歩くセクハラと言われているから、近づかない方がいい」

冗談とも、本気ともつかない顔で言う。

「その、セクハラさんと話している人は？」

「あの人はさっきちょっとしゃべったけど、花嫁さん側の人じゃないのかなあ……」

「しゃべったって、どんなことを？」

「なんか、変なことばっか聞いてたなあ。仕事は忙しいのか、とか。なんだよ、ああいうのがタイプなの？」

露骨に寂しそうなので、思わずりえは言っていた。

「ううん。どっちかってと、あなたの方がタイプよ」

別に嘘ではない。こういう、明るくて人畜無害っぽい人は好きだ。

その点、村崎には何かしら暗い、危なっかしいものを感じた。あの人は何か変だ。周囲から、壁紙の染みみたいに浮き上がっている。何かを——言葉は悪いが——企んでいるような気がする。姉の晴れの日だというのに、おめでたいムードの中に、小さな不安の棘を持ち込んでいる。

けれどなぜだろう？

無性に気になった。

パーティがお開きになったとき、いつの間にか村崎の姿は消えていた。

「やっぱ嘘じゃん、『また』なんてさ」

「え、なに？」

傍らで、正田が聞き返した。

「なんでもないでーす」

「ね、ね、りえちゃん。これからうちの会社のやつメインで三次会があるんだけどさ、よかったら一緒に来ない？」

丸顔の正田が熱心にすすめてくれる。

極楽トンボとしては、ここは当然誘いに乗るべきなのだろう。りえはいかにも軽い、はしゃいだ声を立てた。

「行きます、行きます。だって暇なんだもーん」

3

翌日の日曜日、昼間からだらだらとテレビを観ていると、友達の佳寿美から電話がかかってきた。

「ここんとこ連絡ないから、どうしたかと思って」

いつもの優しい柔らかな声で、佳寿美は言った。彼女は高校時代の友人で、今は保育園の保母さんをしている。ほとんど唯一、りえのことを気にかけてくれる、数少ない女友達でもあった。村崎にちらりと話したのは、もちろん佳寿美のことだ。

「あー、結婚式の準備で、色々忙しかったのよ」

「えー」佳寿美は驚きの声を上げた。「いつの間に結婚決まったの？　どの人と？」

女友達は少ないが、ボーイフレンドには不自由しないりえなのである。

「あー、違う違う。あたしじゃなくって、お姉ちゃん。で、昨日式終わったとこ。なんかさあ、自分のことじゃなくても、疲れるよね、ああいうのは」

「あらあら、おめでとう。それじゃりえちゃん、今日からは一人娘なのね。ご両親も寂しいでしょうねえ」

「んー、そのせいかな。なんか今日、二人とも優しいんだよね」

それをいいことに、ごろごろだらだら過ごしているりえであった。

「で、お式はどうだった？　お姉さん、きれいだったでしょう？」

うっとりとした声で、佳寿美が尋ねた。

「うん、まあまあかな。あんなもんじゃないの？　伊勢エビはイマイチだったけど、ステーキとスープは美味しかったよ」

他の女の子なら「誰が食べ物の話をしてるのよ」と突っ込んでくるところだが、佳寿美はおっとりと声を立てて笑っただけだった。

「でね」とりえは続けた。「二次会にも潜り込んできた」

「へえ。楽しかった？」

「名刺二枚もらった。どっちも男の人から」

「あらあら」

完璧に保母の声になって、佳寿美は言った。

せんせー、きょうねー、かずやくんとちゅーしちゃったー。

あらあら。

そんな感じ。佳寿美自身はまったく意識していないだろうし、りえとしてはそんなふうに扱われることが、実はさほど嫌ではない。

「一人は丸顔でね、お姉ちゃんの旦那さんの同期の人。総務部でね、いい人君って感じ。昨日二人でデュエットしちゃったよ」

そう話しながら、なぜ自分が正ちゃんに好感を持ったかやっと気づいた。ふっくらとした丸顔が、どことなく佳寿美を想起させたからなのだ。

ふうん、と佳寿美は相づちを打つ。確かに「ふうん」としか言いようがないだろう。が、かまわず続けた。

「でね、もう一人はわりかしハンサム君。ちょっと危険な香りっつうか、ヤバめな感じがしてたな、あれは」

「どう危険で、どうヤバいのよ」

「だってね、そもそも正規の招待客じゃなかったのよ、そいつ。カラオケに行ったとき、受付やってた人もいたから聞いてみたんだけど、一人、新郎のイトコだって人が会費払って入っていったんだって。当日ドタキャンで来られなかった人もいたし、もともとビンゴのカードとかは多めに用意していたから、別に問題ないってそのまま通しちゃったらしいの。ま、あたしはお金払わないで通してもらった口だけどさ」

「新郎のイトコは、実際にはその場にいなかったわけね」

「うん。親族はあたしだけ」

「だけどどうしてイトコを騙《かた》ったのがその人だって言い切れるの？」

「なんつーか、ま、女のカンってやつかしらね」

佳寿美は呆れたような声を上げた。

「りえちゃんがもらった名刺には、会社名や何かは印刷されていないの？」

「うん。村崎一って名前と、携帯電話の番号だけ。なんかすごく怪しくない？」

「ううん」佳寿美は軽く唸《うな》り声を上げた。「パーティ荒らしとかっているじゃない？きれいな格好をして色んな会場に潜り込んで、ご馳走をお腹一杯食べて帰っていくっていう……でも、わざわざ会費を払ったのなら、違うわねえ」

りえはわざととんがった声を出した。

「じゃ、何かい？　会費を払わなかったあたしは、パーティ荒らしですかい？」

「いやあね、もう。誰もそんなこと言ってないでしょう」

「へいへい。でもついでに言っとけば、あたしはご馳走いっぱい食べたけど、村崎氏はなあんにも食べてなかったよ。ビンゴのカードもあたしにくれようとしたし」

「食い気じゃないんなら、色気なのかしらね。そうやってりえちゃんの気を惹こうとしているわけだし」

「ナンパ目的ってこと？　実はあたしも最初はそう思ったんだけどさ、あたしのことはともかく、あの人が話している相手、男ばっかりだったのよね……あ、女もいたか。要するに、新郎の勤め先の人に、やけにこだわっていたわけよ。ヘンでしょ」

「ヘン……よねえ」

「も一つヘンなことがあってね。途中で、新郎の会社の男性が、同僚らしい女の子の名前を呼んだのよね。二人は付き合ってる感じだった。でね、そのとき、村崎氏はぱっと振り向いたのよ」

「その女の子の名前に反応したのかしら？」

「あたしもとっさにそう思ったんだけど……今思うに、それにしては後の様子が素っ気ないというか……」

「思ってた人とは別人だったんでしょうね」

「そうかもね。で、今気がついたんだけど。彼が反応したのは、名前じゃなくて声だったんじゃないかって。たとえばね、こんなふうに電話で話すだけの、声しか知らない関係ってあるでしょ？　たとえば、仕事先の人とか」

「でもねえ……声しか知らない人に、いったいどんな用事だか恨みだかがあって、わざわざ他人の結婚パーティに潜り込んだりするの？」

「ううん、ま、ねえ……」

「それに結局、何か起きたわけでもないんでしょう？」

「ま、そうなんだけどね」

「ねえ、りえちゃん」探るような声で、佳寿美が言う。「何考えてるの？　何だか変よ」

「変って？」

「どうしてそんなことにこだわるの？」

「だって暇なんだもーん」

佳寿美は小さくため息をついた。

「ソフトボール部にいた頃のりえちゃんは、人を詮索するっていうか、そういうこと気にする子じゃなかったよ。いい意味でマイペースで、ほんとに楽しそうにソフトやってて……結局一年と少しで廃部になっちゃったけどね」

二人が高校生だった頃の話だ。

「あの頃は楽しかったね」なぜか、自分でもびっくりするくらい唐突に、りえの目頭がじわっと熱くなった。「あの頃は楽しかったって言葉は、なんか切ないよね。すっごい後ろ向き。佳寿美はそういうこと、言ったり、思ったりしないんでしょ？」

「別にそんなことは……ないけど」

少し、佳寿美の声が小さくなる。

「あたしがあの村崎氏のことが気になるのはね、あの人がほんとに紫だったからなんだ。新郎側の人でもなければ、新婦側の人でもない。青でも赤でもない、中途半端な紫。あたしもいつだって中途半端だし、あのパーティでも浮いてたし、だから気になったの」

「それは……好きになっちゃったって、こと？」

蚊の鳴くような声で、佳寿美は言う。昔から、そうしたことをあけすけに尋ねるような子ではなかった。

「さあ、どうだろ」りえは首を傾げた。「自分でも、よくわからない。ほんのちょっと話しただけだしね。きっとさ、あの丸顔の正ちゃんと一緒にいる方がずっと楽しいと思うんだけど、でも、もう一度会いたいのは村崎氏の方なんだよね」

「でも……」言いにくそうに、佳寿美は言った。「りえちゃんが言うように、やっぱぱその人、何か怪しいじゃない。そんな名刺じゃ、本名かどうかだってわからないじゃない」

「そうだね」と、りえも認めた。「言われてみれば、偽名くさい」

そう自分で言ってから、りえははっとした。

「そうよ、りえちゃん」彼女らしくない、きっぱりとした口調で佳寿美は言った。「その人にまた連絡取ろうなんて思ってるんなら、悪いことは言わないから止めときなさい。

丸顔の正ちゃんに電話するっていうなら、別に止めないけど」

「正ちゃんに電話しないとは言ってない。だけど、村崎氏にも連絡取ってみることにする」

「もうっ、りえちゃんたら」

「違うの。あのね、今、すごく変なこと考えたの。聞いてくれる？」

4

異性に電話するのに、こんなに緊張するのは久しぶりだ、と思った。

十代の頃。それも、高校生の頃が最後かもしれない。今ではむしろ、男友達と話す方が気楽だ。もちろん、佳寿美は別として。

高校生の頃、りえは佳寿美の保護者気取りだった。ふっくらしていて大人しげな佳寿美を、「デブ」だとか「ブタ」だとか、からかう男子生徒を、しょっちゅうやっつけていた。どう考えても非は男子の方にあり、子供っぽいのも相手の方だ。だから勝つのは簡単だった。

佳寿美のことを、守っていると思っていた。けれど本当は、守られていたのかもしれない。昔も、そして今も。

姉のゆかりのことは、子供の頃から少し苦手だった。優等生タイプの姉が、正直鬱陶《うっとう》しいと思っていた。卒業する姉と入れ替わりで、同じ進学校に入学できたとき、もしかしたら自分もお姉ちゃんみたいになれるかもと思った。けれどそれは錯覚だった。

今、佳寿美は自分の道を見つけ、自信を持って歩き続けている。姉はもう、嫁いでしまった。結婚しても、仕事は続けるのだと、笑って言っていた。

――あたし一人が宙ぶらりんだ。

電話のコール音を聞く間、なぜかそんなことを考えていた。

「……はい」

出た。りえは軽く唾を飲み込んだ。

「あの、村崎さんですか？　あたし、坂田りえと言います……昨日、結婚披露パーティで〈紫の雲路〉の意味を教えてもらった者です」

「ああ……」

と相手はつぶやくように言った。

「ちょっと聞きたいんですけど、あの言葉って、世間の常識ですか？　知らないと恥ずかしいこと？」

少なくとも、佳寿美は知らなかった。あまり一般的な言葉ではないんじゃないかと、言っていた。

「さあ」

当然ながら、相手は面食らったらしかった。

言霊《ことだま》という言葉がある。もしそうした現象が本当にあるのなら、逆の場合だってあるのかもしれない。りえは思った。

——極楽……天国のことをいつも考えているから、言葉の方であなたに寄ってきたんじゃないんですか？

しかしりえが実際に口に出したのは、もっと別な言葉だった。

「……もしよかったら、今から会ってもらえないでしょうか」

ひと息にそこまで言って、りえは身を硬くして返事を待った。


一時間後、りえは待ち合わせた喫茶店にいた。場所がわかりやすいことが取り柄の、駅ビルの中の店である。

結婚式の二次会で、ちょっと話した女の子から呼び出される……そんなとき、普通の男性はどんな反応を見せるだろう。

さては自分にひと目惚れしたな、とでもうぬぼれるものなのだろうか？

少なくとも村崎の態度には、そうした素振りはかけらも見られなかった。

「また、会ったね」

先に来ていた彼にそう声をかけると、村崎はさっと顔を上げた。確かに何かを期待しているふうではあったが、その目には浮わついた色はまったくなかった。

「……やあ」

彼はややぎこちない笑みを浮かべた。

「昨日、最後にあなた『また』って言ったでしょ。また後でって。なのに声をかけてくれなかったじゃない。だから電話したの」

拗ねた女の子のように、りえは言った。まるで、社交辞令のわからない馬鹿な女そのものじゃん、と自分で自分が笑えてしまう。

「弁解するようなことじゃないと思うけど」と相手は平淡な声で言った。「声をかけようとしたら君は既に会社の人たちと三次会に向かう約束ができているみたいだった」

実に微妙でうまい返事だ。勘違い女の頭を少しだけ冷ます一方で、ちょっとばかりいい気持ちにもさせる。

「じゃ、誘ってくれる気はあったんだ」上目遣いに相手を見ながら、りえは声に媚《こび》を含ませて言った。まったく同じ調子で、さらに続ける。「でもね、仮に誘ってくれていても、期待には応えられなかったと思うんだ、悪いけど」

相手は軽く眉を上げた。

「……どういう意味？」

冷ややかで硬い眼差しだった。男の子が、「オレは君のカラダが目当てで誘ったんじゃないぞ」と嘘をつくときの目とは、まるで違っている。

「あのね、あたし、新郎の会社の人じゃないのよ。だから誘ってもらっても協力はできなかった……そういう意味」

しばらく黙り込んでから、彼はため息をついた。

「確かあのとき、新郎の会社の人かどうか聞いたら、否定はしなかったよな……肯定もしなかったけど」

「でしょ」

「で？　君は何者？」

「そう聞くことからして、あなたが正規の招待客じゃないってことがわかるのよね。電話で名乗ったでしょ？　あたしは坂田りえ。新婦の坂田ゆかりの妹よ」

「……なるほどね。で？　花嫁さんの妹が、何の用？」

「それを聞きたいのはこっちよ。いったいあなたは何の用で、知り合いが全然いないあのパーティに潜り込んでいたわけ？」

相手は薄く笑った。

「さっきの言い方じゃ、まんざら心当たりがないでもなさそうだったけど？」

「まあね。でも、そんな偶然が、あるわけないじゃんとも思っているし。自信なんかないわ」

「偶然？」

「あなたが知り合いのお兄さんだっていう偶然。ほら、パーティで誰かが『マキ』って女の子の名前を呼んだとき、あなた振り返ったでしょう？　最初は女の子の名前に反応したのかと思った。次には呼んだ男の人の声に反応したんだと思った。でももうひとつ可能性があるってことに、後で気づいたの。マキっていうのは何も女の子の名前に限らないんだってね。ちょっと伺いますけど、牧知寿子って名前に、心当たりはある？」

相手は数回瞬きをした。返事を待つ間、りえはバッグから滅多に吸わない煙草を取り出して火を点けた。

「……あんたいったい何者？」

君、があんたになった。その変化を楽しみながら、りえはにっと笑った。

「やっぱり村崎って名前は偽名だったのね。けっこ気に入ってたのにな、あの名前。牧さん、か。それだって別に悪くはないけど。でもホント、すっごい偶然。驚いちゃうわよね。ひょっとしたら、この程度のニアミスは、気づかないだけで、いつでもどこでも起きてるのかもね。間に一人か二人の人間を挟んだ知り合いっていう程度ならわんさかいるのかもしれない。どう思う？」

返事はなかった。

「あ、でもやっぱりよくあるってほどでもないのかな。ひょっとして、運命的ってやつなのかも。あたしね、妹さんのお葬式にも行っているんですよ。過労死がどうとかって騒いでる人がいたっけ……。顔なんか憶えていなかったけど、今にして思えばあれが、あなただったんですね。あなたに詰め寄られていたのが、知寿子さんの会社の人……つまりはあたしの新しいお義兄様の勤め先の人だったたってわけね」

「君は、妹とどういう関係があるのかって聞いているんだ」

たまりかねたのか、相手はようやく口を開いた。呼称も君に戻っている。

「そう改まって聞かれると、つまんない答えで申し訳ないんですけど、妹さんが高校生だったときの後輩です。ソフトボール部のね。妹さんの方が二歳上だから、お付き合いがあったのは一年間だけですが」

入部するなり貧血を起こしたとき、付き添ってくれたのが牧知寿子だった。後輩からはチーズ先輩と呼ばれていた。慕われていたのだろう。少なくとも、りえは彼女のことが好きだった。

　その昔医者は、彼女が二十歳まで生きられないだろうと言っていたらしい。長じるに従って撤回されたその予言は、けれどそんなに大きく外れたわけでもなかった。

　二十五歳のある日彼女は倒れ、そのまま帰らぬ人となっていた。

「……反対したんだ。運動部なんて止めろって」

　力なく、知寿子の兄は言った。

「確かに、なんでソフト部にいるんだか不思議な感じの人でしたよね。心臓が悪いんだって話だったし、頭良かったから文系の方が似合っていた感じ……でもね、ソフト部で牧先輩、いつもとっても楽しそうでしたよ」

　しかしりえの言葉は、相手には届いていないみたいだった。

「仕事を続けることだって、反対したんだ。あんなに残業ばかりさせられて。人手も減る一方だったというし、あれは間違いなく過労死だよ。会社に殺されたみたいなものだよ。なのに、それを証明する手段がなくて……社の内規で月当たりの残業時間の上限が決められていて、それを超えた分についてはサービス残業になっていたんだ。だから書類上は、違法な労働時間を証明するものは何も残っていない。後は同僚だった人たちの証言が頼りなんだが……」

「だからあのパーティに潜り込んだのね」りえの新しい義兄の勤めている会社は、牧知寿子のかつての勤務先でもあったのだ。結婚式の二次会と、過労死。なんという不釣り合いなカップリングだろう？「でも、誰も、何も言ってくれないでしょう？」

会社勤めをしたことがなくたって、それくらいはわかる。この不況下、下手な証言などをすれば自分の身が危ないだろう。

知寿子の兄は、独り言のようにつぶやいた。

「だから反対していたのに。さっさと辞めちまえって、何度も……」

「いつも、反対ばかりしていたんですね」

「心配して当たり前だろう？　あの子は体が弱かったんだ」

「でも、チーズ先輩、楽しそうじゃなかったですか？」

りえの言葉に、相手ははっと顔を上げた。何か言いかけて、言葉にならなかったようにまた口をつぐむ。りえは言った。

「あたし、お手伝いしましょうか？」

「え？」

「協力できないって言ったのは、昨日の時点での話。今のあたしなら、あの会社に人脈があるわよ……一緒にカラオケに行った人たちや、他ならぬお義兄様とね」

「しかし……なぜ君が？」

「肉親以外は、悲しんだりショックを受けたりしちゃいけないわけじゃないでしょう？

他の人たちは知らないけど、少なくとも、あの頃同じチームにいた連中はみんな、多かれ少なかれ、知寿子さんの死にダメージを受けていますよ。だってあの人、いつだってにこにこ楽しそうだった……憎らしいくらいにね。心臓が悪いっていっても運動部に入っている程度だし、ああいう人の方が一病息災ってやつで、結局一番長生きしたりするのよねって、皆で言ってたし……本人だって言ってたし……若くって綺麗で一番輝いてるときで……それで死んじゃうなんて、誰も、本人も思ってなかったですよ、きっと。それに、あたしプーだから暇だし。ああ、もう何言ってんだろ、ぐちゃぐちゃですね」

りえは頭を抱えた。「駄目だ、あたし馬鹿だから、思ってることをちゃんと言葉にできないんです」

「僕は……僕は妹の死が納得できなくて、だからどうしても理由を知りたいだけなんだよ。でないと立ちすくんだまま、どこへも行けない気がするんだ」

この人やっぱりシスコンだよね、とりえは密かに思った。ちょっといいなって思ってたけど。死んだ妹が相手じゃなあ……しかもチーズ先輩、美人だったし、頭良かったし。ばりばり仕事もやっていたみたいだし。

何ひとつ勝っているところはない。

今、生きているということ以外には。

「理由があるなら、あたしも知りたいです」

そうしてどこかへ行けるものなら、自分だって行きたい。そうも思う。

赤でもないし、青でもない。中途半端な濁りの紫。それが今のりえだ。何がしたいかわからない。何ができるかもわからない。モラトリアムと言えば多少は聞こえがいいが、その実態は生ぬるい焦燥感に満たされた、中途半端な日々の集積だ。

「……あいつはいつだって、楽しそうにしていたよ」

泣きそうな声で、牧は言った。

「紫の雲路の下で……」静かにりえは言った。「チーズ先輩は今もやっぱり、にこにこ笑っているんだろうなって、そう思う」

表に現れていたものが、必ずしも真実だとは限らない。けれど……。

紫色が、赤と青との混沌《こんとん》の結果だと知って、それでいったい何になる？　世界も人も、シンプルなままでいた方が、どんなにか生き易いだろうに。

りえは小さくため息をついて、ふと窓の外に目をやった。そこに見える空は、あくまでも青く、そしてうっすらと煙っている。

雨上がりの藍の色

1

「——あ、いいっすよ、別に」

由美子があっさりうなずくと、上司の梨本はかえってぎょっとしたような表情を浮かべた。

いつもならば、言葉遣いをたしなめられる場面である。やれやれという表情を浮かべ「いいですよ、と言いなさい」と教師のような口調で言われるところだった。それはわかっているのに、ついついぞんざいだと言われる言葉遣いをしてしまう。

ただ、今回ばかりは様子が違った。

「ほ、本当にいいのかい？」探るように言ってから、由美子の気が変わっては大変とばかり、慌てて付け足した。「いやあ、行ってくれるか。助かったよ、本当に。いや、君ならきっと大丈夫。何しろ優秀でフレッシュな人材だからね、君は」

梨本の顔は、露骨な安堵《あんど》の表情に変わっている。常日頃、由美子のことを宇宙人だの新人類だのと陰口を叩いているとは思えない持ち上げ方だ。

由美子はミヨシフーズという会社に勤めている。主な業務は、社員食堂や病院食堂の経営代行で、同業者の中では中の下といった位置づけだろうか。

由美子はそのミヨシフーズにこの四月、入社したばかりの新入社員である。加えてこの五月に試験を受け、見事合格したばかりの新米管理栄養士でもある。入社後は、もっぱらデスクワークと、低コストで栄養的に優れていて見栄えもいい新メニューの開発をメインの仕事としてきた。それはそれで、非常に困難なだけにやり甲斐もある。だが管理栄養士の本分は、文字どおり食事が作られる場を調理から衛生にいたるまで万事管理することにある。だから上司の「現場に出てくれないか」という派遣の依頼に、由美子はあっさり従ったのだ。

だが、本当のところ、事情はそれほどシンプルなものではなかった。

問題の派遣先、明知《あけち》商事は準大手の商事会社である。しばしば〈ドケチ商事〉と陰口を叩かれるのは、出入りの業者にひたすら厳しい予算を突きつけてくるからだ。対外的な部分はともかく、社員に対する福利厚生など形だけ整っていればよろしいという態度を、まったく隠そうとしない。この不況下、そうした方針の会社が大半とはいえ、ここまで露骨で徹底しているのもちょっと珍しい。明知商事が提示する、雀の涙程度の補助費で利益を上げるのは、まさに至難の業《わざ》と言っていい。

ミヨシフーズの場合、派遣される管理栄養士は、人件費や経費面の管理も一任されることになる。だからそうした点からも、出向者泣かせの職場なのだが、問題はそれだけではなかった。

ごく短期間のうちに、ミヨシフーズの管理栄養士が三人辞めている。そしてその三人が三人とも、明知商事に派遣されていた。うち一人は結婚退職だが、何でも突然思い詰めたように見合いを重ねた挙げ句のゴールインであるらしい。残りの二人は体調不良による退職である。一人は軽度の鬱病、そしてもう一人は神経性胃炎だったそうだ。

もちろん由美子はその話を知っていた。入社したてのときから、社内では語り草になっていたからだ。

毎日、二時半頃になると梨本のところに電話がかかっていた。明知商事の社員食堂を管理している女性社員からで、梨本にその旨を伝えるといつもひどく嫌そうな顔をしていた。電話を取ると、

「……ああ……うん……いや、しかし……ああ、君の気持ちはね、よくね……そうは言ってもだね、やっぱり……いや、そういうことを言っているわけじゃ……」などと延々とやっている。そういうことが続いたある日、いつものように電話を取り次ごうとした由美子に、梨本は小刻みに首を振って言った。

「いない、と言ってくれないか?」

はいと返事をし、由美子は電話をかけてきた女性に告げた。

「――いないと言ってくれ、と言っています」

受話器の向こうからは、何やらヒステリックな叫び声が聞こえてきた。

どうもその日を境に、上司は由美子を〈宇宙人〉と命名した模様である。

間もなく、件《くだん》の女性社員は医師の診断書を添えた退職願を郵送してきた。何やら長文の手紙も同封されていたが、梨本は顔をしかめて斜め読みするなり、ぽいとゴミ箱に投げ込んでしまった。

次に明知商事を担当することに決まった先輩は、死地に赴く兵隊のような悲壮な面持ちで派遣されていった。

その三ヵ月後、梨本の机の上にはまたしても、診断書を添えた退職願が載っていた、というわけだ。

こうなるともう、件の職場は魔のバミューダ・トライアングルか、リルガッソー海域か、である。ことごとく人員を沈没させられた梨本にはもはや、打つ手がなかった。何しろ本社勤務の管理栄養士たちは皆、梨本と目を合わせることさえ避けるようになっている。「いい天気だね」と話しかけただけで、いきなり目を潤ませて「実は同居している親が病気になりまして」などと打ち明けられたりする。

「オレが胃炎になりそうだよ」

実際に痛むのか、胃の辺りを押さえて梨本は、呻《うめ》くようにつぶやいた。そのとき、三好由美子は真剣な表情で、シャープペンシルを分解していた。先端に折れた芯が詰まるかどうかしたのだろう、新しい芯が出てこなくなってしまったのだ。当人の真剣さとは無関係に、それはいたって呑気極まりない光景と映ったかもしれなかった。

「……三好くん」

梨本は目の前の新入社員の名を呼んだ。そして呼んでしまってから、自身、驚いたようにはっとした表情を浮かべた。

由美子は入社してわずか三月《みつき》あまり、管理栄養士の資格を手にしてからの日数はさらに少ない。どこかの社員食堂なり病院食堂なりに社員を派遣するにあたっては、普通は三年、最低でも二年は本社で学ぶ必要がある。もちろん梨本は、由美子を明知商事の次なる担当者に、なんてことはまるで考えていなかったはずなのである。よりによって経験皆無のど新人を、それもあの明知商事に、などとは。それは非常識なことであり、無謀そのものであり、さらなるトラブルを呼ぶに決まっていることでもあった。だから当然、口にする気なんてさらさらなかったはずなのだ。

「三好くん、君、明知商事に行ってくれないか？」

なんてことは。

なのにほとんど無意識のような感じで、梨本はまさにそのセリフを言っていた。そして当の三好由美子は、まるでコピー取りでも頼まれたみたいな気軽さで、あっさりこう答えたのである。

「あ、いいっすよ、別に」と。

2

前任者は、一刻も早くこの職場からおさらばしたいのだという気持ちを全身から漂わせて、そそくさと引き継ぎを済ませた。由美子は十八キロの米が一度に洗える洗米機や、人間の子供をぐつぐつ煮込めそうな回転釜、そして舟の櫂《かい》ほどもある巨大な杓子《しゃくし》を、感心しながら見て回った。

「……空になった回転釜はこうやって、ホースで水を入れて、タワシでこするの。そしてある程度きれいになったらストッパーを外して、と」力を込めると巨大な回転釜は、その名のとおり軸を中心にしてぐるりと回転する。ホワイトシチューで汚れた水が、ザアッと音を立てて流れ出して行った。ほら仕上げ洗いをやってみて、と巨大なタワシを手渡され、由美子は見様見真似でゴシゴシやり出した。調理器具というよりは、風呂桶でも洗っているみたいだ。

「そうそう、その調子。上手じゃない」

わざとらしいくらいにオーバーに、前任者が褒めてくれた。何をやってもそうだった。そうそう、その調子。あなたなら、巧《うま》くやっていけるわよ……と、何やら催眠術師が暗示でもかけるような具合に、変に優しい声で幾度も幾度も繰り返すのだった。そして最後に、彼女はまるで一子相伝の秘伝書でも手渡すような重々しさで、引き継ぎノートを差し出した。

「必要なことは全部ここに書いてあるから、大丈夫よ」

言葉の力強さとは裏腹に、その目はどこか後ろめたげに泳いでいるのだった。

引き継ぎ期間はあっという間に終わってしまい、由美子一人に現場が任される日がやってきた。とびきり早起きをして、職場に臨む。

ロッカールームで着替えるところから、仕事は始まっている。染みひとつない真っ白なコックコートを身につけると、ぴしりと体が引き締まる。それから、滑り止めの付いた安全靴を履く。ヘアピンで前髪を上げ、白い帽子をかぶる。額を出すことに抵抗があったのは、ほんの数日だけだった。仕上げに白いマスクをつける。マニュアルどおり、念入りに手を洗えば完成だ。

無人の厨房は、単色の世界だ。打ちっ放しのコンクリートの床に、ステンレスのシンク、調理台、調理器具がずらりと並ぶ。ステンレスは使い込まれ、よく磨かれて、鈍い光を放っている。その清潔で硬い光が、由美子は好きだった。将来結婚して、家を建てるようなことがあったら、キッチンのシンクは流行《はや》りの人造大理石なんかじゃなくて断然ステンレスを選ぶ。そう固く心に決めている。

将来はさておき、まずやるべきはガスの元栓を開けることだ。調理場の管理は、ここから始まる。数が多い上に、どれも固い。ひとつひとつ、力を込めて開けていく。次に十八キロ分の米を洗米機に投入し、ボタンを押す。景気よく作動し始めた機械を見て、これはなかなかの発明品だなと思う。こんなに大量の米を、いちいち手で洗っていたらそれだけで大変な労働だ。感心しつつ、調理器具を点検し、納入された食材をチェックするうち、タイマーをセットし忘れたことに気づいた。決して洗いすぎないように、洗米機のスタートボタンを押すと同時にセットするようにと、前任者からくどいほど言われていたのだ。

慌ててストップボタンを押したが、既に米は細かく割れている。あーあと思ったが、気にしないことにした。洗い終えた米を特大のザルに空け、次の米を洗米機に入れる。今度はきちんとタイマーもセットした。割れていない米と半々に混ぜて炊けば、きっとそんなに差はないだろう……たぶん。

洗い終えた米を、二台の巨大炊飯器にセットしたところで、調理師たちがやってきた。たった三人なのに、広い調理場が急に賑やかになる。ぺちゃくちゃとおしゃべりに花を咲かせながらの登場だ。その声に負けないよう、下腹に力を込めて由美子は叫んだ。

「おはようございまーす」

ぺちゃくちゃが、ぴたりと止んだ。三人の中年女性が、値踏みするような目で由美子を見やった。その様子がまるでクローン人間みたいで、由美子はちょっと笑ってしまった。もともと年齢が近い上に、身長も同じくらい、似たような小太りの体型とくる。それで目だけを出した調理服を着てしまえば、ものの見事に見分けがつかない。つかないままに、由美子は運動部仕込みの発声で挨拶をする。

「今日から私一人で務めさせていただきます。どうぞよろしくお願いします」

少しの間があってから、一人がずけずけと言った。

「あんたの会社も何を考えてんだかね。こんな若い子を送り込んでさ」

「あー、それはしょうがないんですよ。急なことで、他に人がいなかったから」

正直に言うと、別な一人が鼻で笑った。

「ダメな会社ねえ。いっそヨソに変えた方がいいんじゃないの？」

他の二人が、声を合わせてどっと笑う。

きたきた、と由美子は内心で身構えた。

『――いい？　とにかく、〈サンババ〉には気をつけるのよ』

前任者がいまわの際の言葉のごとくに繰り返していたのが、そのことだった。

『サイババ？』

由美子が聞き返すと、相手はにこりともせずに言った。

『妙なボケをかましてる場合じゃないわよ。まあ、婆は言いすぎだったわ。でもあの連中ときたらまったく……魔女よ、魔女。三魔女ね』

『魔女って言うと……おジャ魔女どれみ、みたいな……』

『そんな可愛らしいもんじゃないわよ。とにかくあの連中ときたら、仕事中に平気で煙草を吸うわ、鍋に指突っ込んで味見はするわ、注意したって聞きゃしないのよ。私のことを頭から馬鹿にしている上に、衛生観念ってものが欠落しているのね。時間にはルーズだし、手よりも口が動くし。これだから調理師ってのは……』

鼻息荒く興奮する前任者をまあまあとなだめてから、由美子は聞いてみた。

『だけどそんなに問題があるんなら、辞めさせたらいいじゃないですか。人事権はこっちにあるんだから、軽くオドシをかければ……』

『……あんたもさらっとすごいこと言うわね』前任者は少々たじろいだような顔をした。

それから額に手を当てて言った。『それができたら苦労ないわよ。いい？　明知商事の会長さんは山本善治郎《やまもとぜんじろう》っていうんだけど、そのクソジジイがね、送り込んできてるのよ、自分の姪っ子を。その上、明知商事の社長とうちの社長とは同じ大学の先輩後輩ときてる。下手すりゃ、こっちの首が飛ぶわ』

『なるほどー、日本っぽい話ですねえ。学閥とか縁故とか』

『感心してる場合？　とにかく、あの山本さんにはくれぐれも気をつけてね』

そう忠告してくれたのは、もちろん前任者の好意なのだろう。だが……。

「今度は何ヵ月保《も》つかねえ」

本当に魔女のような薄笑いを浮かべて、山本信子《のぶこ》は言った。マスクの上からでも、面長で角張った顔なのが見て取れる。

「最短記録にならなきゃいいけど」

そう相づちを打ったのは、山本安恵《やすえ》だ。こちらは小作りな丸い顔。

「ま、せいぜいお手並み拝見といきましょ」

と山本麗子《れいこ》が意地の悪い口調で言った。その口調に似合いの、逆三角形の尖り顔。

――どの山本だよ。

胸の中で荒っぽくつぶやきつつ、由美子は巨大炊飯器のスイッチを押した。

それからはもう、とんでもない忙しさである。炊きあがったご飯は保温釜に移し、二台の炊飯器にはもう一度働いてもらわねばならない。砕けた米は水を吸いすぎて、ねっちょりとしたいかにも不味《まず》そうな仕上がりだった。それを見て山本さんの誰かが呆れ声を上げていたが、かまっている暇もなかった。巨大な行平鍋《ゆきひらなべ》で味噌汁を作り、ウォーマーに移す。その頃どやどやとやってきたパートさんたちに指示しつつ、野菜や肉をカットしていく。人数的にも、色彩的にも、厨房の中は一気に賑やかになる。由美子は食材を洗い、切り、炒め、揚げ、煮て、盛りつけていった。時間との勝負だった。もうじきお腹を空かせた企業戦士たちが大挙してやってくる。もうもうと湯気が上がり、由美子は額を流れる汗を袖で拭った。

十二時まではまだ少しあったが、気の早い連中がもう、カウンターに並び始めていた。

「おばちゃーん」

昼休みも終わり近く、洗い場の方に回っているとふいに声をかけられた。

「今日のゴハン、なんかぐちゃっとしてて不味かったよ」

若い男が、ひどく不満げな顔をして立っていた。汁物に浸からないための用心か、ネクタイを肩に掛けている。やけに安っぽい、ぺらぺらのネクタイだ。

「ああ、それ、私のせいです」下げられた食器をシンクのお湯の中にどんどん突っ込みながら、由美子は答えた。「洗米機で洗いすぎちゃって。明日からは気をつけます」

「ああ、そうなの？」

男はびっくりしたように由美子を見た。

「あと、肉じゃが焦がしたのも私です。火が強すぎたみたいで。焦げ臭かったですか？」

「ああ、うん、別にそんなでもなかったよ」

「よかった」思わず笑みがこぼれた。「前任者から言われてたんです。焦がしたときには絶対かき混ぜちゃダメだって。そっとよそっていけば、食べられないほどひどいものにはならないからって」

「後がつかえてるよ」

山本さんの誰かが、鋭い声を投げかけてきた。別に手が止まっていたわけではないのだが、由美子はぺろりと舌を出した。男は「じゃあね」と手を振って職場に戻って行った。

二時過ぎになって、ようやく昼食が摂れるようになる。まかない料理と言えば聞こえはいいが、要するにその日の余り物だ。

朝から立ちっぱなしで、皆疲れ切っている。しばらくもくもくと食べていたが、やがて少し元気が出てきたのか、山本さんの一人が言い出した。

「味噌汁は少し辛すぎたね」

別な一人も言う。

「肉じゃがも、ひどいね、こりゃ」

決して触れてはいけないとされた焦げた部分そのものなのだから、実際そのとおりではあった。

「ご飯も、一人文句言ってた人がいましたよ」さも参ったというように、由美子は応じた。そして野菜サラダから、キャベツの芯のスライスをつまみ出しながら、にっと笑って付け加えた。「でもまあ、最初はこんなもんでしょ」

三人の山本さんが、いっせいに口を開いて言った。

「自分で言うことじゃないでしょ」

パートさんたちがどっと笑った。由美子も笑った。三人の山本さんたちは、むっとしたように顔をしかめていた。


「れーこさん、オハヨー」

由美子が元気よく挨拶すると、山本麗子は逆三角形の顔を思い切りしかめた。返事をしない彼女に代わり、山本信子が大仰に肩をすぼめながら言った。

「ちょっと三好さん、はるか年上の人に向かって、馴れ馴れしすぎるんじゃないの」

「ホント、そうよねえ」山本安恵も横合いから口を出す。「いくら管理する立場だからって、最低の礼儀を忘れていいってことにはならないわよねえ」

「でも……」由美子は当惑して首を傾げた。「ただ山本さんって呼んだんじゃ、どの山本さんだかわからないし、いちいちフルネームで呼ぶのも面倒だし……そうだ」

満面の笑顔を浮かべて由美子は言った。

「いいこと思いつきました。山本一号、二号、三号でどうです？　あ、でも、誰が一号になるかでモメますかね、やっぱ。どうしましょう？　厳密に年齢順でいきますか？」

しばらく誰も、何とも返事をしなかった。

やがて山本麗子がぷっと吹き出し、それから慌てたように難しい顔になって、素っ気なく言った。

「いいわよ、名前で」

その瞬間から、三人の呼び名は麗子さん、信子さん、安恵さんになった。それで彼女たちとの関係が円滑になったかというと、どうもあまりそういう感じでもない。三人で固まると、ちらちらとこちらを窺いつつ、何やら話したりしている。

「三好さん、なんか評判悪いですよ」

ある日、パートの城田《しろた》さんからふいにそんなことを言われた。彼女は由美子より十歳近く年長だが、それでも調理師や調理補助のパートの中では一番年が若い。「若者同士ね」などと言って、わりと話しかけてくる。手よりも口の方がよく動くタイプの人だ。

「評判悪いって、やっぱあの、ポテトサラダのジャガイモが半煮えだった件ですか？　それとも、スパゲッティサラダの麺がくっついたまま茹で上がっちゃった件ですか？　最近どうも、サラダ関係で失敗が多いんですよね」

由美子はぽりぽりとすねを掻きながら尋ねた。

「いいえ、そういうことじゃなくって……それもあるのかもしれないけど」

「じゃ、何ですか？」

心当たりは多すぎて、どれだかわからない由美子である。

「それがね……」やや言いにくそうに、それでもどこか嬉しげに城田さんは言った。「仕事中、若い男に色目使ってるって。すごいこと言いますよね」

けらけらと笑う。なるほど、と思った。

「四号のことですね」

「四号？」

「山本四号」

「……ああ、山本くんっていうの、あの男の子」

初日にゴハンがまずいと指摘してきた男である。あのときにはネクタイが邪魔して見えなかったのだが、後日見るとネームプレートには「山本」とあって思わず笑ってしまった。その笑顔をどう解釈したか、以来彼は無闇と親しげである。カウンターの近くにいるときにはもちろん、厨房の奥にいるときにまで、大声で話しかけてくる。まあ話といっても他愛なく、たいていはその日の定食メニューに関するミニコメントだ。

「……百パーセント食い気の話ですがねえ……」

由美子は他人事のように首を傾げた。

「三好さんが若くて可愛いから、嫉妬してるのよ。いやあね、欲求不満の年寄りは」

そんなどぎついことを言って、城田さんはころころ笑った。

彼女のこのセリフが、なぜだか翌々日には由美子自身が口にしたこととして、三人の山本さんに伝わっていた。間の悪いことに、そんなときに限ってパートの城田さんは、子供が水疱瘡《みずぼうそう》にかかったとかでお休みだ。もっともさらに三日後まで、由美子は山本さんたちが口をきいてくれない理由について知らずにいた。昼休みの終わり近く、巨大なシンクに汚れた食器をぼんぼん放り込んでいると、いつものように山本四号から声をかけられた。

「どうしたの？　なんか元気ないね」と言われ、「別にそんなことないですよ」と応じていると、背後でやけにわざとらしい咳払いがした。振り返ると安恵さんが乱暴に食器を洗浄機に押し込みながら、こちらを見ていた。

「お風邪ですか？」

別に嫌みでもなく、由美子は尋ねた。人員の健康チェックも、仕事のうちなのである。

「まあ、白々しい。欲求不満の年寄りなんて思っているくせにさ」

刺々しい安恵さんの言葉を聞き、はたと膝を打つ思いだった。

「えっと、私、そんなこと思ってないし、言ってないですよ」

一応、言ってみた。相手はまるで信じていない様子だった。

いつも、不思議に思う。人はどうして悪口の噂なら、あっさり信じてしまうんだろう？

　その日はさすがにがっくりして、けれど落ち込んでいる暇なんてものはなくて、いつものようにただばたばたと立ち働いていた。洗い終えた食器を消毒保管庫に移そうとして、盛大に床にぶちまけてしまったが、丈夫な樹脂製のそれは、ひとつも壊れることはなかった。

　残業食を完売し、すべての食器や調理器具を洗い終えるとようやく一日の仕事は終わる。たいていは、八時を少し過ぎてしまう。

　由美子はいつも、一番最後にガスの元栓を閉め、電気のスイッチを消して、施錠する。暗闇の中でもステンレスはやっぱり、きんと音を立てそうな硬さを保っている。由美子の両足も一日の立ち仕事のせいで、まるで金属みたいに重くて固くなっている。

　通用口から外に出ると、ほっとする。まるで深い海の底から上がってきた海女《あま》のように。厨房にはいつも、食べ物の匂いのする湯気や洗剤の匂いが濃密に漂っている。それは決して嫌いな匂いじゃないし、だからこそ、この仕事を選んだ。けれど、仕事を終えて外気が厨房の匂いを洗いとってくれると、幸福な解放感に包まれることもまた、事実だ。

　すうっと深呼吸をしていると、ふいに声をかけられた。

「三好さん……でしょ？」

顔を上げると目の前に、パンツスーツをすっきり着こなした、くるくるウェービーヘアの美女が立っていた。

「やっぱり、そうだ。さっき追い越したとき、どこかで見た後ろ姿だなって思ってたのよ。懐かしいわね。何年ぶりかしら？」

由美子は上から下まで相手を見つめてから言った。

「どなたでしたっけ？」

「……相変わらずねえ」苦笑しつつ、美女は言った。「取り敢えず話を合わせて様子を見るとかはしないわけね……牧知寿子よ。高校んとき、ソフト部で一緒だったでしょ」

「ああ、チーズ先輩」もう一度、相手をしげしげ見やってから由美子は言った。「なんつうか、すっごい女っぽくなってて気づきませんでしたよ、いやマジで」

「何がマジでよ」知寿子はおかしそうに笑った。「せっかくこんなとこで会ったんだしさあ、どっかでお茶していかない？」


「お茶」は「お食事」になり、結局「近くで一杯」に落ち着いた。

「……社食にはけっこう通ってたんだけどな、全然気づかなかったわよ、ホントに。まっさか後輩が、社食のおばちゃんになっちゃってるなんてもうびっくり」

頬をピンクに上気させて、知寿子は言った。呑もうと言い出したのは彼女の方なのだが、どうやらさほど強い方ではないらしい。

「おばちゃんはないですよお」けらけら笑って由美子は応じた。「でも確かにびっくりですよね。すごい偶然」

「そうよね。さっきの話、山本さんが三人そろっちゃうっていうのも、いくらありふれた姓っていっても相当な偶然よね。ひょっとして、三人全員が山本会長の親族だったりして」

「それは考えなかった……」由美子は心底感心してつぶやいた。「本当なら、強烈な話ですよね」

「まあ、まずないとは思うけどね。いくらなんでも、そんな露骨な人事ができるとは思えないもの」

「そんなもんですか？」

「そんなもんよ。まっとうな企業のトップなら、人事を私物化しているなんて謗《そし》りはできれば避けたいはず。もし、個人的に仕事を与えたい調理師が三人いたとすれば、自分のとこで引き受けられるのはせいぜいが一人。あとは人脈を利用して、ヨソの会社の食堂に潜り込ませるの。もちろん、それはひとつ借りになって、別な機会に別な人事で返すことになるでしょうけどね。まあその辺は、持ちつ持たれつってことで」

「はあ、いかにも日本的ですね」

「まったくね」面白くもなさそうに知寿子はうなずき、それからふいに悪戯っぽい表情を浮かべた。「調べてあげよっか?」

「え?」

「三人のうちの誰が縁故採用なのか」

「そんなの調べられるんですか?」

「たぶんね。私の同期が秘書室にいるのよ。テキの正体を知れば、対策もとりやすいでしょ?」

「あ、でも」チューハイのグラスをぐいと空けてから、由美子は言った。「いいっすよ、別に」

「いいって……何で?」

その返事がよほど思いがけなかったようで、知寿子は目をまん丸に見開いて言った。

「別に実害とかないし」

「そう言うけど害はあると思うけどな。新米なんだからミスして当然だし、そうならないように先回りしてフォローするのがベテランってもんでしょ? それを黙って見てて、後で嫌みを言うだけなんて、チームの一員としてはかなり問題があると思うわよ」

知寿子の言葉に、由美子は小さく笑った。

いかにも元スポーツ部員らしい発言だが、高校時代のソフトボール部の中で、天真爛漫なまでのマイペースを貫いていたのは誰あろう、知寿子その人なのである（二番目にマイペースだったのは、ひょっとしたら由美子だったかもしれないが）。

「なあに、笑っている場合？」と知寿子は不満げだった。彼女は社会人になって少し変わったのかもしれないと、由美子は思った。


数日後、知寿子から自宅に電話があった。

「いらないって言われたのにお節介だとは思ったけど、例の秘書室のコに社員食堂の話を振ってみたのよ……そしたら、とんでもないことがわかっちゃったわ」

3

「——緊急事態です」

おもむろに、由美子は言った。三人の山本さんたちが、うさんくさげな視線を投げて寄越した。かまわず由美子は落ち着いた口調で続ける。

「明知商事さんの意向で、社員食堂に出してもらっている補助費が、さらに削減されることになりそうです……これは、私の知人が教えてくれたことですが。現行でも、採算はギリギリ一杯……ということはつまり、補助費削減が実現すれば、うちの社としては撤退するしかなくなります」

「社員食堂がなくなれば、明知商事だって困るんじゃないのかしらね」

麗子さんが、肩をすくめて言った。

「そうそう、他に引き受けてくれるところなんて、あるわけないし」

訳知り顔で信子さんも言う。由美子はゆっくり首を振った。

「社員食堂がなくなってもやむを得ないと、エラい方は考えているようです。この不況下ですから、とにかくどんな些細な費目でも、削れるところは削ってしまいたい、と。その上、今食堂に使っているスペースを事務所に転用できれば一石二鳥だと考えているそうですよ」

それは、秘書室の女性が耳にした生の声である。これ以上確かな情報はない。

一同黙り込み、しばらくして安恵さんがおずおずと言った。

「それじゃ、メニューの値上げをするしかないってこと?」

「そうですね。普通に考えれば、それしかないってことになります。それも大幅なアップを」

「でも」

山本さんたちの声がきれいにそろった。

「わかっています」由美子は三人を軽く制して言った。「メニューの中身が同じで、いきなり値段が百円も二百円もアップしたら、誰も来なくなってしまうと思う……私だってたぶん行かない。納得できないと思う。こう言っちゃ何だけど、社食の取り柄は値段が安いってことだから」

「でも、じゃあどうするの？　お客さんが来てくれなきゃ、結局採算割れして撤退しなきゃならなくなるわ。そうしたら私たちも仕事をなくすわけよね」

おろおろ声になって安恵さんが言う。

「……この歳になって再就職先を探すのは、キツいわね」

人が違ったような細い声で、信子さんもつぶやく。麗子さんだけが眉間に縦皺を寄せて、無言だった。

「大丈夫です」一同を見渡して、由美子は言った。「さっき、『普通に考えれば』って言ったでしょ？　駄目もとでやってみたいことがあるんです。話を聞いてくれますか？」

聞き終えた三人は最初目を丸くし、それから徐々に口許を弛ませて言った。

「……初めて顔を合わせたときから思ってたけど」安恵さんは言った。「ホント、三好さんって変わってるわね。たとえこの食堂が閉鎖されたって、あなたが職を失うわけじゃないのに」

「そうよね」と信子さんもうなずく。「別な食堂に派遣されるだけだわ、きっと。固執する理由なんて、ないじゃない。私らとは立場が違うんだから」

「理由ならありますよ」由美子は小さく笑った。「ここは私が初めて任された職場だもの。こんなことで尻尾巻いて逃げ帰るなんて、悔しいじゃないですか」

「あら、意外と負けず嫌いだったのね。知らなかったわ」

安恵さんが妙に感心して言った。

「この食堂の取り柄は安いだけだって、さっき言ったでしょ」ふいに麗子さんが言った。「だけど、それだけってことはないでしょ。栄養バランスが取れるように、あんたがメニューを考えているんでしょ……季節感を取り入れたり、さ。あんたなりに努力はしているでしょ。たとえそれが、手順も何も考えていない調理師泣かせのメニューだろうとさ」

にこりともせず、ぶっきらぼうな口調だったが、先ほどの眉間の縦皺はきれいにほどけていた。

他の二人も大きくうなずいたのを見て、由美子ははにかんだように笑った。

「照れますね、そんなに褒められると」

間髪を容れず、麗子さんが言った。

「そんなに褒めたつもりはありません」

その途端、他の二人が吹き出し、麗子さんでさえ、少し笑った。

翌週の月曜日から〈作戦〉は始まった。

十二時になり、空きっ腹を抱えてなだれ込んできた社員たちは、壁や柱にべたべた貼られたチラシを否応なしに見せつけられることになった。

安い！

残業食、定食がたったの二百二十円！

早くて安くて栄養バッチリ！　二百食限定につき、お早めにどうぞ！　午後六時より。

由美子自身が手書きし、知寿子に頼んでこっそりコピーさせてもらったものである。チラシを読み終えた人は、おおむね笑っていた。どこか苦笑めいた笑いだったが、「反応良し」と由美子は内心でガッツポーズをした。

昼食については既に三ヵ月単位で献立ができあがっており、材料の仕入れルートもほぼ定まっている。前もっての安定した注文を条件に価格を下げてもらっている部分もあり、にわかにはコストダウンの対象としにくい。その点残業食なら、由美子の裁量で相当にいじくり回すことができる。

現行は、カレーライスの他に、ラーメンやうどんなどの麺類のみというメニュー展開で、ほんの片手間にやっている感じだ。皆、五分で平らげて自分の持ち場に戻っていく。

価格はカレーが二百五十円、麺類が二百円だ。カレールウだけは昼間余分に作っておくが、ご飯は新たに炊いたものであり、麺類の材料は残業食用に余分に発注しておいたものである。

これをそっくり、止めた。麺類は、昼食用の分が余った場合のみ、提供する。完売していれば、出さない。カレーにしても同様だ。その代わり値段を下げて、カレーは二百円、麺類は百八十円とし、確実に売り切りを図る。そしてメインとしては、格安の定食を新たに売り出す。メニューは日替わり、ポイントはその材料にある。

由美子の作戦とは、残業食にかかるコストを限りなくゼロに近づけ、それによってもうけた分を昼食材料の購入資金に回すというものだった。

夕方六時から提供している残業食については、客の数もごく限られており、その利幅は昼食以上に薄い。ほとんどボランティアみたいなものだという思いは、かねがね抱いていた。だからこの際、すっぱりと止めてしまうということは、ちらりと考えないでもなかった。そうすれば何よりも、人件費が浮く。

だが、残業食のコストをそっくり昼食にまわしたところで、それだけでは不足分をとうてい補えない。第一、拘束時間が減る分、調理師やパートたちの給与削減につながる。できればそれは避けたかった。

そこで案出したのが、残業食材料費ゼロ作戦である。

「だけどどうやって？」とは、三人の山本さんから当然のように出てきた疑問である。

「材料がなけりゃ、いくら調理師でも料理はできないよ」

四角い顔の信子さんが、さらに顔を強張らせて言った。

「材料ならあります……ただし、皆さんの協力が必要ですが」

自信たっぷりに言って、由美子はにっと笑った。


その日の昼食メニューは海老フライと温野菜のサラダ、それに大根とキャベツの味噌汁だった。野菜が洗われ、皮が剝かれる。ここまではいつもと同じだ。違うのはこの後で、いつもならゴミ箱に直行していた部位――大根の葉や皮、キャベツの外葉に芯、ニンジンの皮やブロッコリーやカリフラワーの軸なんかが、大事そうに巨大なボウルやザルに分けて取りのけられた。海老の頭と殻はラップを掛けて冷蔵庫にしまわれる。

「全部捨ててたところよ……ゴミを他人様に食べさせるなんてね。それもお金を取って」

安恵さんがひどくやましげに言った。

「人聞きが悪いわねえ」信子さんは慌てて言った。「プロの調理師が調理するわけだし、本来なら食べられる物を無駄に捨ててたわけだし」

どこか言い訳がましいのは、やはり信子さんにも後ろめたい思いがあるせいらしかった。

「ま、そういうことです」由美子はにっと笑った。「それに、戦中戦後はこういうものもご馳走だったんでしょう？」

「あなたね、私らをいくつだと思っているのよ」

むっとしたように麗子さんがつぶやいたが、その声にいつもほどの迫力はなかった。

その日の残業食のメニューは、かき揚げ丼とスープ、そしてきんぴらである。ぱっと見は、なかなか豪華だし味にも絶対の自信がある。しかしこれが、かかっているのは米代と調味料代のみなのだ。

まずスープだが、浮き実は細切りニンジンと青菜だけというごくシンプルなものだが、深みのある上品な味に仕上がっていた。屑野菜と海老の頭や殻で出汁《だし》を取り、塩胡椒で味をととのえただけのものだ。浮き実の青菜には、大根葉の若い部分を用いた。出汁を取った海老殻はさらにフライパンで空煎りし、同じく味噌汁用の出汁を取った後のイリコとともにかき揚げに転用された。野菜はブロッコリーの軸にニンジンの皮、キャベツの芯などを、野菜カッターで細切りにしたものだ。それらを種にして、フライヤーでぱりっと揚げる。海老の香りが食欲をそそる、味も彩りも申し分ない一品となった。そしてきんぴらになっているのはゴボウではなく、大根の皮である。ゴボウとはまた違った歯触りで、なかなかいける。それとは別に、各テーブルにはサービスで、丼に盛られた浅漬けが用意してあった。材料はキャベツの外葉と大根の葉である。細切り昆布で風味を付け、鷹の爪でぴりりと味を引き締めてあり、常ならゴミ箱行きの食材を用いたとはとても思えない仕上がりだ。

実際、この浅漬けの評判は上々だった。定食が売り切れるはるか以前に、どのテーブルの丼も空になっていた。

そして肝心の定食だが、これまた評判はすこぶる良かった。用意した二百食は、見事完売したのである。食べ終えた食器を運んでくる客が、口々に「美味しかったよ」と言ってくれるのが何よりの証拠だ。その中にはもちろん、山本四号もいた。ただ四号もそうだったのだが、「美味しかったよ」の前に必ずと言っていいほど、「意外と」とか「思ってたより」とかのひと言がつくのが難点といえば難点である。

「値段のわりにがんばっている、という評価ですよね」

由美子の言葉に、

「またお気楽なこと言って……と言いたいとこだけど」麗子さんはくすりと笑って言った。「ほんとそうね。私たちみんな、がんばったわ。そして誰よりもがんばったのが、三好さん、あんたね」

「いや、照れますね」

由美子はぽりぽりと頭を掻いた。

「……まあ、照れてくれていいんだけど。それにしても三好さん、よくこんなこと思いついたわね」

麗子さんは由美子が作った計画表を見つめて言った。その用紙には、限りなく低コストの調理例が、事細かに記されていた。

基本は今まで捨てていた部位の活用と、残り物の転用である。たとえば大根については、今日の使用例の他に、葉は菜飯や炒め物に、皮は醤油漬けなどにする、とある。椎茸の軸はいしづきを取って和え物に、長葱の葉はスープや炒め物に、セロリの葉は一度下ゆでしてから豚バラと炒めると美味しい、などなど。昼食メニューの残りを有効活用する例としては、おでんの場合、残った汁をそっくり使ってご飯を炊く。残ったコンニャクやちくわなどの具も細かく刻んで混ぜ込めば、立派なかやくご飯になる。ホワイトシチューはクリームスパゲティに、ブラウンシチューならハヤシライスもどきに、カレーはカレースープか、カレーチャーハンに。八宝菜なら中華丼、生姜焼きと刻んだレタスの外葉で混ぜご飯にと、華麗に変身させることができる。また、野菜屑と安い挽肉でドライカレーや餃子を作る方法、出汁を取った後の鰹節や昆布、イリコで作る佃煮、魚の骨で作る骨せんべいやふりかけ、残りご飯の雑炊など、とにかく微に入り細を穿《うが》つ、大量のレシピである。

「こりゃ、今どきの若い人の発想じゃないわ」

麗子さんが、呆れたとも感心したともつかない調子で言った。

「ああ、貧乏料理は得意なんですよ、私」由美子はにっこり笑った。「うち、弟や妹がまだ小っちゃい頃に父親が亡くなって、母親が働きに出てたんですけど、当然ビンボーだし、弟や妹の面倒みたり、食事を作ったりするのは私の仕事でしたから」

「それは……いくつくらいのとき？」

胸を衝かれたような表情を浮かべて、安恵さんが尋ねた。

「小三のときです。最初は無茶苦茶な料理を作ってましたよ。弟なんて、まずいから食べないなんて駄々をこねるのを、なだめすかして無理矢理食べさせたりして……けど、だんだんみんなに美味しいって言ってもらえるようになって。そういうのってすごい嬉しいじゃないですか？　私が栄養士の資格を取ったのも、たぶんそのせいなんですよ。だからここの職場に配属が決まったとき、嬉しかったですよ、マジで」

しばらく、三人の山本さんは無言だった。

「……あの、さあ。三好さんって……」やがてひどく言いにくそうに、信子さんが口を開いた。「ミヨシフーズの社長令嬢じゃなかったの？」

「は？」

思いがけない言葉に、由美子は首を傾げた。

「いいえ、三好さんの前任者がね、けっこう含みのある言い方をしていたのよ。あなたに逆らうと、簡単に首が飛ぶ、みたいなね。それに、同じミヨシだし、補助費削減の話をあらかじめ知っていたし……」

クビ云々に関しては、冗談というかその場のノリで、確かに前任者にそんなようなことを言ったかもしれない。だが……。

由美子は思わず吹き出していた。

「それは誤解です。ミヨシフーズと私はまったく無関係ですよ。補助費の話は、高校のときの先輩から聞いたんだし。山本さんたちこそ、どなたかが明知商事の山本会長のご親戚だって……」

「それこそ誤解よ」麗子さんがあっさり言った。「誰が言ったの、そんなこと」

「……誰、というか……担当者代々の……」

言い伝えみたいなものだ、考えてみれば。

「でも、なんでこうも同じ山本姓ばっかりが集まっちゃったんでしょうね？」

素朴な疑問に、麗子さんはまたあっさり言った。

「偶然じゃない？」

由美子はまた吹き出してしまった。ミヨシフーズに社名と同じ新入社員が入ってきたのも偶然、山本さんだらけなのもまた偶然。

だけどその偶然のせいで、山本さんたちは皆、いつ首を切られるかと怯え、一方で虎の威を借る小娘に反発していた。そしてミヨシフーズ側の代々の担当者は、はるか年長で、少しばかりクセのある山本さんたちに最初からびくついていたし、反感も持っていた。部下たる彼女らに勝手に気を遣い、三人の誰が問題の人物なのかわからずにやきもきし、言いたいことも言えずにストレスを溜め込み、そして自滅していったことになる。

　ある企業の上に立つ人物が、出入りの業者に知人や親戚をごり押しで送り込むことは、いかにもありそうだ。事実、過去にはそういうこともあったのだろう。けれど調理師は時とともに入れ替わっていき、上司たる管理栄養士も目まぐるしく入れ替わり……そして伝説だけが残ってしまった。組織の末端で使われるだけの人間に、真実を確認する術などないのだから。

「……縁故採用っていかにも日本的で罪なシステムですよねえ」ため息をつきつつ、由美子は言った。「栄枯盛衰ならぬ、縁故盛衰、ですか……」

　そう付け加えると、一同しんと静まりかえり、やがてみんな仕方なさそうに笑ってくれた。

4

　その週末、由美子は若者らしく、遊園地でデートをしていた。お相手は山本四号である。前々から誘われていて、まあヒマだしいいか、と思ったのだ。

待ち合わせの際、実は少々不安だった。何しろ相手は、上から下まで白ずくめ、マスクまでした由美子しか知らないのである。それでデートに誘うのだから、変わった人だと思い、そしてなぜか、以前居酒屋で牧知寿子とした話を思い出した。

唐突に、彼女は言ったのだ。

『虹ってさ』

『二時？　午前ですか、午後ですか？』

『相変わらずナチュラルにぼけてくれるわね』知寿子はため息をついて言った。『雨上がりの虹よ。私たちは何の疑問もなく七色だって思い込んでいるでしょ？　だけど世界では、文化によって虹は六色とされているところもあるのよ』

『何色が抜けているんですか？』

ないことにされている色を気の毒に思い、尋ねた。

『藍色。虹を七色で数えるときにも、一番忘れられがちな色なんだって』

そう知寿子は言っていた。なぜ急にそんなことを言い出したのかはわからない。たぶん、仕入れたばかりの雑学を、ちょっと後輩に披露してみせたかったのだろう。

文化や人によって、ある色が見えたり見えなかったりするという事実が、由美子には興味深く、印象的だった。もちろん虹は単純に七色なのではなく、本当はさらに細かい、多くの色から構成されているのだ。その意味では、自分たちの常識や文化により、かえって視野が狭められていると言えるのかもしれない。

プリズムを通過した光が見せる、無数の色のグラデーション。その細かな色のひとつひとつが、見える人には、見える。見えない人には、見えない。

つまりは、そういうことなのだろう。

無機質なステンレスとコンクリートで構成された厨房は、虹よりもはるかにシンプルな、モノトーンの世界だ。そこで働く、真っ白なコックコートに白い帽子、白マスクの人間たち。そんな集団の中では、個性なんてものは呆気なく埋没してしまう。まるで全員が同じ山本という名の団体のように。

それなのになぜ四号には、由美子が見えたのだろう？　いともやすやすと由美子を見分けて、話しかけてくるのだろう？

それが、不思議だった。

待ち合わせの時間、待ち合わせの場所で、山本四号は所在なげに立っていた。そしてやってきた由美子にためらいのない視線を投げ、雨上がりの空のような底抜けの笑顔を浮かべた。

約一年後、同じ二人はなぜか金屏風の前に並んで坐っていた。

来賓席にはミヨシフーズの三好社長の姿がある。もちろん上司の梨本の姿もある。そして新郎親戚用のテーブルには、明知商事の山本会長の姿があった。

初めてのデートの日、例の〈愛の貧乏残業食大作戦〉の裏話を聞いた山本四号は、憤然として言ったものだった。

『社食を潰すなんて、とんでもない。困る人が大勢いるよ……いや、一番困るのが俺なんだけどさ。わかったよ、思い切ってじいちゃんに直訴するよ』

『じいちゃんって？』

由美子が首を傾げると、四号はにやっと笑って言った。

『や、俺、実は縁故採用なんだよね』

『縁故って……まさか山本会長？』

そのまさかだった。

『もっともうちのオヤジはボンクラ四男でさ、明知商事とは無関係だし、庶民代表みたいなうちだぜ』妙な誤解をされてはかなわないと思ったのか、四号は急いで言った。

『この不況で求人自体が少ないし、とにかく手当たり次第に受けた会社が全滅でさ、就職浪人させる余裕はないってんで、オヤジがじいちゃんに泣きついたってわけ。ま、カッコ悪い話だよな』

『いいんじゃないすか？　立ってるものは親でも使えって言うくらいだから。ましてやこのご時世ですもん』

使えるものなら、じいちゃんだって使えばいいのだ。

孫の直訴が功を奏したのかどうか。補助費の削減は、事前に覚悟していたよりはずっと緩やかなものとなった。

おかげで由美子は式の前日まで明知商事の社員食堂で働けることになった。休暇が明けたらまた、同じ職場で働き続けるつもりである。

結婚披露宴は、滞りなく進行していった。

新郎友人がスピーチに代えて、新郎新婦への質問を突きつけてきた。お約束の、少しだけ際どい質問も織り交ぜながら、最後に彼は言った。

「それではお終いにひとつ、プロポーズの言葉ってのをお聞かせください」

新郎の四号は、大いに照れながら答えた。

「えーっと、僕だけのために料理を作ってください、です」

「なるほど、なるほど。ものすごく普通ですね。ま、お相手が栄養士さんってところがミソですが。で、それに新婦は何と答えましたか？」

由美子はいつもの落ち着き払った口調で答えた。

「社員食堂の味とメニューでよければ」

招待客がどっと笑った。

山本会長をはじめとする山本家の人たちも笑った。そしてもちろん三人の山本さんたちも、声をそろえてほほほと上品に笑った。

青い空と小鳥

1

北側の和室に天窓を作ろうと祖母が言い出したとき、片桐陶子は「いいんじゃない」と気軽に応じてから尋ねた。

「でも、どうして突然？」

「あの部屋はとても暗いでしょう」志乃はいつもの、しゃんしゃんとリズムを取っているような口調で言った。「こないだ風邪で寝ついたときにね、思いついたのよ。屋根に穴を空けて窓をはめ込めば、ずいぶん明るくなるだろうってね」

「おばあちゃんの部屋は陽当たりが悪いものね」少し考えてから、陶子は付け加えた。「私の部屋と替わる？　もっと早く気がつけばよかったね。どうせ昼間は会社なんだから、陽当たりが良くっても関係ないもの」

「馬鹿おっしゃい」志乃はぴしゃりと言った。「そういうことを言っているんじゃないの。それこそ私だって昼間は二階になんかいませんよ。居間が私の部屋みたいなものだから」

まあそれはそうだなと、陶子は納得した。どのみち、一度言い出したら聞かない祖母なのだ。

近いうちに業者を呼んで見積もりをしてもらわなきゃと志乃は陽気に言い、陶子は窓ができたら天井はどうなってしまうのだろうと考えながら湯呑みの日本茶を飲み干した。


「――天窓はいいですよ、陶子さん」

昼休み、後輩の筒井真理とお弁当を食べながら何気なく今朝方の話をすると、赤い箸を振り回しながら真理は力説した。

「真夏に家に帰るとむわっとするじゃないですか。そんなとき、天窓を開けるとすうっと熱気が逃げていくんですよ。熱帯夜なんか開けっ放しで寝ても不用心じゃないし」

「それはいいわね」

陶子は思わず身を乗り出した。志乃はどんなにむしむしする夜だろうと、窓を開けて眠ることは絶対に許さない。祖母と陶子だけの女世帯だから、それは当然の用心だった。昨今は、信じられないような物騒な事件が、ごくごく身近で起きるのだからなおさらだ。

けれどまさか、ネズミ小僧じゃあるまいし、屋根から入ってくる泥棒もいないだろう。

「だけど……」入ってくる、から連想して陶子は尋ねた。「開けっ放しだと、虫が入ってきちゃうわよね」

「そりゃ、そうですよ。蚊とかカナブンとか、入り放題です。だからうち、後から慌てて網戸を追加注文しましたもん」

真理の家は、数年前に古くなった自宅を壊して新築したばかりなのである。

「あ、それとー」語尾を延ばして真理は言った。「最近都心部の夏って、夕立っていうか、夜立っていうか、夜中に突然ものすごい雨が降ってくるじゃないですかー。あれ、参りますよね、天窓開けっ放しだと。それに閉めたら閉めたで、ガラスに当たる雨音がすごいんですよ。パラパラパラパラパラ、豆でもまいてるみたいで、うるさいったら」

「そっか。一長一短だね」

陶子がショートヘアの自分の頭を軽く叩いて、考えるポーズを取ったとき、デスクの電話が鳴った。ちょうどおにぎりを頰ばったばかりの真理を制し、陶子が立ち上がった。〈対外用〉の声で、滑らかに社名を名乗る。泣きそうな、そして押し殺したような女の声が、突然言った。

「……片桐さん？　キャプテンなの？」

口に頰ばった食べ物を咀嚼《そしゃく》するくらいの間、陶子は返事をすることができなかった。いきなり〈キャプテン〉と呼ばれたことで、時計の針はくるくると逆回転を始める。

そんなふうに呼ばれていたのは後にも先にも一度きり。高校でソフトボール部の部長をしていた頃の話だ。

「――里穂ちゃん？　そうなんでしょう？」

2

長瀬里穂が失踪した、という話を聞いたのは、前日の月曜日のことだ。

その前の週から、なんだか様子がおかしかったのだという。顔色も悪く上の空で、仕事のミスも目立っていた。そして週末、社内のキャッシュ・ディスペンサーでかなりの現金を引き落とすところを、同僚に目撃されている。日曜日には組合行事の運動会があったのだが、誰にも何の連絡もなく里穂は欠席していた。そんなことはかつてなかったので、心配した同期の女性が電話を入れたが、応答はなかった。そして月曜日に無断欠勤し、やはり連絡が取れなかったため、これはおかしいということになった。

里穂は二年前から都心部でひとり暮らしをしている。上司から報せを受けた母親は仰天し、とにかく娘のアパートに駆けつけたが、そこはもぬけの殻だった。家具だの生活用具だのは残っている。肝心の部屋の主だけがいない。若い女性がひとり暮らしをすることについて、常にその危険を案じていた母親は、この時点で早くも警察に失踪の届けを出した。警官は一応親身になって話を聞いてくれた。しかしひととおり聞き終えると

「これは家出ですね。どうやら事件性はないようです」とあっさり断定した。「何か心当たりはないですか？」

と尋ねられ、母親はどきりとしたそうだ。

心当たりは、あった。里穂が中学生のときからずっと仲良くしていた牧知寿子が、病気で亡くなっていたのだ。

その事実を告げると、警官はもっともらしい顔でうなずいた。

「どうやらそれが原因ですね。若い女性が親友を亡くす……これほどショックなことは他にないでしょうから。もちろん、失恋は別としてね」

いささか分析めいたことを口にし、まあそのうち帰ってくるでしょうなどと無責任な結論を下され、体《てい》よく追い払われてしまった。

当然ながら母親は、警官ほど楽観的ではいられなかった。里穂の友人知人すべてに連絡し、何が何でも娘を連れ戻さねばと思い詰めたのだが、真っ先に浮かぶ友人は牧知寿子だった。というより、牧知寿子以外の友達なんて思い当たらなかったのである。それくらい、娘の口から出てくるのは「チーズ」、すなわち知寿子のことばかりだったのだ。

アドレス帳も携帯電話も、部屋には残されていなかった。娘を案じる思いばかりが空回りしたまま、母親は呆然と自宅に戻り、夫の帰宅を待った。

里穂の父親は、もう少し冷静だった。必要以上に騒ぎ立てては、娘がひょっこり帰ってきたときにきまりが悪い思いをするぞと、泣き喚《わめ》く妻をたしなめたのだそうだ。

少し頭が冷えてくると、高校時代の部活仲間に連絡することを思いついた。里穂と知寿子とは中学、高校、大学を通して付き合っていたわけだが、同じクラブ活動をしていたのは後にも先にも高校のソフトボール部だけだった。卒業アルバムを見れば、当時三年生だった部員の名前と連絡先はわかる。

——そう、片桐さんという子……部長をしていたんだし、里穂の話にも何度か出てきた……この人に聞けば、何かわかるかもしれない……。

そういう、まさに藁《わら》にもすがる思いで、里穂の母親は陶子に電話をかけてきたのである。

それがひしひしと伝わってきただけに、何ひとつ有益な情報を持たない自分が申し訳ない陶子であった。

実際のところ、長瀬里穂のことをよく知っているとはとうてい言えない。部活動を離れた個人的な付き合いは、ほとんどなかった。その上卒業後、七年も経っているのだ。

里穂が陶子の名を出していたというのも、当人にしてみれば意外だった。里穂とはチームを離れた個人的な会話さえ、ろくに交わしていない。もちろん仲が悪かったわけではなく、ただ当たり障りのない関係だったに過ぎないのだ。それはチームの誰とも同様で、例外はただ一人、牧知寿子だけだった。

長瀬里穂は、知寿子の後を追うようにして入部してきた。知寿子に心酔しているのだということも、他の人間なんてどうでもいいのだということも、まるで隠そうとしなかった。だからとりわけ、先輩の受けは悪かった。いじめとまではいかないにせよ、きつい言葉をよく投げかけられていた。そのたびおどおどと縮こまり、ときに涙さえ浮かべていた。けれど、決して退部しようとはしなかった。

『私、あの子見てるとイライラするのよね』

後に副部長となる小原陽子は、同学年のチームメイトについてよくそう評していた。

『まるで、母親の後追いをする赤ん坊みたい。なんであそこまで赤の他人に依存できるのかしら。私なら、耐えられない』

依存することに、とも、されることに、ともとれた。あるいはその両方だったのかもしれない。

陶子が知っているのは高校時代の里穂だけだ。もしあの頃と同じように、今でも里穂が知寿子に依存し切っていたのだとすれば、支柱が折れてしまった朝顔のようになってしまっても不思議ないとは思う。何か早まった行動に出てしまいかねないとも思う。だがそれにしても、知寿子の死から少し時が経ちすぎている。何ヵ月も経ってから、なぜ突然、いなくなったりするのだろう？　その妙に間延びした時間の意味が、陶子にはわからなかった。それとも何か他に原因があるのだろうか？

とにかく当時のチームメイトに連絡を取ってみますと約束して、陶子は電話を切った。

電話台の引き出しからアドレス帳を取り出す。五十音順に並んだその名簿で、同学年では小原陽子の名が最も早いページに書き込んである。けれどたとえ彼女の名字が和田とか渡辺だったとしても、やはり最初にプッシュするのは陽子の家の電話番号なのだろうなと思う。

だが、都心部でひとり暮らしをしている陽子の電話は、数コールで留守番電話に切り替わってしまった。編集者という仕事柄、帰宅時間も不規則なのだろう。陶子は自分の名と、電話が欲しい旨だけ吹き込んで、受話器を置いた。予定を変更して、一学年下の井上緑の電話番号を確かめる。看護師をしている緑は、陽子同様、連絡が取りづらいはずだった。

番号をプッシュすると、呼び出し音は鳴るものの、誰も出る気配がない。諦《あきら》めて切ろうとしかけたとき、ようやく「はい」と無愛想な声が応じた。姓名を名乗ると、相手は少し驚いたようだった。

「また、誰か死んだんですか」そうつぶやいてから、自分で否定した。「まさかね」

「幸いにね」落ち着いて、陶子は応じた。「そこまで取り返しのつかない話じゃないとは思う……けど、もし何か知ってたら教えて欲しいの。里穂ちゃんの行方がわからなくなっているのよ」

一瞬の間を置いて、緑は聞いてきた。

「それってチーズ先輩の……？」

「それは、まだわからないけど。単に気分を変えたくて、旅行に出てるだけかもしれないし」

「でも、行方不明ってからには勤め先とか親とかに何も言ってないわけですよね。いなくなって何日目くらいですか？」

「よくわからないの。もしかしたら三日目かも」

自分で言っていて、それほど騒ぎ立てるようなことじゃないんじゃないかという気もしてくる。里穂のお母さんが大袈裟《おおげさ》に考えているだけで、お巡りさんや、里穂のお父さんの反応の方が正常じゃないのかしら、と。

同じように考えたのか、緑は無言だった。何か考え込んでいるようでもあり、単に途方に暮れているようでもあった。

しばらくして、緑は言った。

「私、チーズ先輩が亡くなる少し前に会っているんです」

「ほんと？　いつ？」

「……亡くなる二週間くらい前、かな。勤め先の病院で……定期検診だって言ってました。具合が悪そうな感じなんて、全然、しませんでしたよ。昔と全然変わんなくて。お茶して、少し話をしたんですけど……そのときに、長瀬さんの話が出ました」

「チーズは何て言ってたの？」

「長瀬さんが重たくなったって……今では付き合いもないんだって。なんか気持ち、わかるような気がしたんですけど」

そう言ってから、緑は高校卒業後の里穂と知寿子の関係について、簡単に説明した。どうやら一方的な依存状態と後追いはずっと続いていて、そのことに知寿子はかなり疲れていたらしい。土壇場で別の会社に就職することで、知寿子は里穂から逃げたのだと、緑は言う。

もし陽子がこの話を知れば、さもありなんとうなずくだろう。

「……あの、ごめんなさい、陶子先輩」慌てた様子で緑が言った。「私これから、夜勤なんで、色々支度しないと」

「あ、ごめんなさいね。何かわかったり、思い出したりしたら教えてくれる？　どんなつまらないことでもいいから」

そうします、と答えて緑は電話を切った。

次にかけるべき番号は決まっていたが、陶子は少しためらっていた。渡辺美久、旧姓神林美久は既に結婚していて、ゼロ歳の赤ん坊がいる。せっかく寝ついた赤ん坊を、電話の呼び出し音で起こしたくはなかった。それでなくても今、緑の出勤の邪魔をしてしまったばかりなのだ。

ためらった末、二年後輩の善福佳寿美にかけることにした。赤ん坊からの連想で、保育士をしている彼女のことが浮かんだのだ。いつ、どんな用で連絡しても、佳寿美は必ず嬉しげな声を上げてくれる。ふくよかな頬にいつも、人の好さそうな微笑とえくぼを浮かべていた。だからチーム内の誰からも、好かれ、可愛がられていた。名は体を表すとはよく言ったもので、佳寿美には嫌なところや意地悪なところはひとかけらもない。けれど佳寿美自身は自分の名を、過剰で仰々しいとひどく嫌っていた。里穂の姓名がタレントの芸名みたいできれいだと、しきりに羨ましがってもいた。

そういえば、と陶子は考えた。チーズも自分の名を嫌っていたっけ。

『コトブキって字が嫌なのよね。なんかおめでたいばっかりで』

そうチーズがぼやくのへ『ほんとそうですよねー』と佳寿美は力強く同意していた。

知寿子と佳寿美とは全然違うタイプだったけれど、人に対するあたりの柔らかさは共通していた。この二人が会話していると、とたんに辺りの空気がのほほんとした和やかなものになる。傍目《はため》にも、けっこうウマが合っているように見えた。

もっともチーム内に佳寿美とウマの合わない人間なんていなかった。里穂でさえ、佳寿美とは嬉しそうに何かよくしゃべっていた。

そうした記憶を掘り起こしてから、陶子はひとつうなずき、佳寿美の家の番号を探した。彼女はまだ実家にいて、電話口に出てきた母親は陶子のことをよく覚えていてくれた。少し待っててくださいねと娘そっくりの柔らかな声で言い、佳寿美を呼んでくれた。

「もしもし、キャプテンですか？　嬉しいな、どうされたんですか。お元気ですか？」

本当に嬉しげにそう言われ、陶子の顔も自然とほころんだ。それからきゅっと表情を引き締めて、用件を伝える。

「……そうですか……それは……」

佳寿美の声も、とたんに曇った。困り果てているようでもあった。

それはそうなのだ。陶子でさえ、里穂や知寿子との付き合いは途絶えていた。二学年下だった佳寿美ともなれば、なおさらだろう。

「それは、心配ですね」と佳寿美は言った。「一刻も早く探さないと。私にできること、ありますか？」

いなくなったのが二十五の大人ではなく五つの幼児であるかのような口調だった。とたんに、心がぽっと温かくなる。

「具体的にできることが見つかればいいんだけどね。私にしたって、こうしてみんなのところに電話するくらいのことしかできなくて……。佳寿美ちゃんだって急にこんな話されても、どうしようもないわよね」

「あの……ですね。陶子先輩」どういうわけか、ひどく言いにくそうに佳寿美は話し始めた。「この間……先週の平日のことなんですけど、家に電話があって、母が出て」

うん、と陶子は相づちを打つ。

「高校のソフト部時代の先輩だって名乗ったそうなんです、その人。で、今、幼稚園にお勤めなんですってね、あら保育園なんですよ、ああそうでした何て名前の保育園なんですか？　って感じでうちの母もおしゃべりだから。そして最後にまたお電話しますって言って切ったそうなんですけど、名前を聞きそびれちゃったらしくて」

「それきり電話はないのね」

「ええ。それで今日、子供たちを園庭で遊ばせていたら、フェンスのとこに誰か立ってて。散歩中の人が子供のことを見てることはよくあるんで、気にも留めていなかったんですけど。私が最後に見たとき、その人はくるっと向きを変えて歩き出そうとしてたんですけど……だから一瞬しか顔を見ていないんですけど、でも……」しばらく言いよどんでから、佳寿美はぽつりと言った。「チーズ先輩みたいな感じでした」

そして陶子が何か口にするより早く、佳寿美は言った。

「もちろん、そんなわけないってわかっているんですよ。だけどなんか、先週電話かけてきたのまでチーズ先輩だったんじゃないかって気がしてきて……だからさっき、陶子さんから電話だって聞いて、ああ、あれは陶子さんからだったのかってちょっと安心したんですよ」

するると、安心はまた不安に変わったわけだ。

「陽子かカンちゃんか……でなきゃ緑ちゃんかミュータンか。そのうちの誰かが、かけてきたんでしょうね。急に昔が懐かしくなって」

そう言いはしたものの、その四人はおよそそうしたことをしそうになかった。むしろ、そうした気まぐれな行動は、知寿子にこそふさわしい。

「長瀬先輩、じゃないですよね」

おずおずと、佳寿美が言う。

確かに、里穂はチームメイトの誰であろうと、七年も経って懐かしむほど好意を持っていたようには見えなかった……もちろん、知寿子ただ一人を除いては。

そもそも、知寿子の不幸を陶子へ伝えてきたのは、誰あろう里穂その人だった。チームの皆に伝えてくれと頼んできたのだ。もちろん陶子は二つ返事で引き受けたし、ひどいショックを受けているであろう里穂のことが心配だった。

結局、里穂は通夜にも告別式にも現れなかった。意外とも、無理もないとも思えた。ただ、社会人になって付き合いが途絶えているとは考えていなかった。緑の話からすれば、知寿子の方から徐々に付き合いをフェードアウトさせたものらしい。里穂にとって知寿子は、とっくの昔から死んだも同然だったのかもしれない。

そう考えてはみても、やはり合点がいかない。里穂と知寿子の付き合いは、中学時代からだという。中学から大学までの十年もの歳月が、社会人になってからの三年間に及ばないとは、とうてい思えない。

なぜ里穂は、あれほど慕い、追いすがっていた友人の最後の場所に、現れなかったのだろう？

葬式とは結局、単なる儀式に過ぎない。それも、死者よりはむしろ生きている人のための儀式だ。残されてしまった人々のための。様々な思いに区切りをつけるために必要なセレモニーなのだ。

あのとき里穂が葬儀の場に足を運んでいれば、誰にも行き先を告げずにいなくなるようなことはなかったのではないか。そう思えてならなかった。

「……陶子さん？　どうしました？」黙り込んでしまった陶子に、佳寿美は柔らかな声で尋ねてきた。「あの、私とにかく、りえちゃんに電話してみますね。あの子、最近夜遊びばっかりしてるから、つかまらないかもしれないけど。今どき、携帯も持っていないんですよ。プータローだから持たせてもらえないんですって」

くすりと笑って佳寿美は言う。

「そうね、お願いするわ」

佳寿美と坂田りえは同じ学年で、今でも付き合いは続いているものらしい。里穂と知寿子ほどにべったりした仲では全然なかったのに、わからないものね、と陶子は思う。

何かわかったらお電話しますね、と言われて、おやすみなさいと陶子は返した。もう他家に電話するには遅い時間になっている。里穂の母親には、何かわかってもわからなくても電話をもらえないかと言われている。きっとじりじりして待っていることだろう。佳寿美との通話を終えて受話器を置いた瞬間、いきなりその電話が鳴った。さすがにどきりとする。先に眠っている祖母を起こさないよう、慌てて受話器を持ち上げた。

里穂の母親が待ちきれなくてかけてきたのだろう……そう思った。けれど予想は外れた。

「あ、陶子？　私よ。神林美久」

慌てているのか、旧姓を名乗っている。結婚後の美久の姓は、渡辺だ。

「何回かけてもずっと話し中なんだもん。陽子もまだ帰っていないみたいだし……」

泣きそうな声で美久は言う。それにしても陽子にまで電話をしていたとはよほどのことだ。美久は傍目にもよくわかるくらい、陽子のことを苦手としていた。陽子はそのことを充分承知の上で、わざと美久をいじって楽しんでいるようなところがある。この二人も、よくわからないコンビだった。

「何かあったの？」

冷静な問いかけは、相手の興奮をわずかに沈静化させる効果があったらしい。何か考えるような沈黙があり、それから美久はぽつりと言った。

「……窓の向こうにね、いたのよ」

「誰が？」

「陶子、うちに来たことあるからわかるでしょ？　リビングの窓で、掃き出し窓になってて、目の前はお隣の玄関に続くアプローチで……」

「覚えているわよ。それで？」

静かに陶子は促した。

「その窓の向こうにね、いたのよ。そんなわけないのに……ぼうっと立っていたの、チーズが」

3

小原陽子から勤め先に電話がかかってきたのは、翌朝一番のことだった。

「今、帰ってきたとこ」気怠《けだる》そうに陽子は言った。「これからシャワー浴びて、仮眠取って、午後にはまた出社よ」

「大変ね」

としか言いようがない。

「美久からも留守電が入ってた。何かあったの？」

陶子はできるだけ手短に里穂のことを話した。少しためらってから、美久の話も付け加えた。陽子なら「馬鹿馬鹿しい」と一笑して終わりだと思っていた。けれど、黙って聞き終えてから陽子は言った。

「それ、私も見た気がする」

「え？」

「チーズの幽霊」

「チーズの……幽霊？」

ははは、と乾いた笑い声を立てて、陽子は付け加えた。「徹夜明けで頭がどうかしてるみたい……また電話するね」

そう言って、電話は切れた。

「カレシかなー、陶子ちゃん」

営業の益子が、にやにや笑いながら話しかけてきた。彼は私用電話には異様に耳聡《みみざと》い。加えてごくごくナチュラルにセクハラ発言を垂れ流してくれるのだが、不思議と腹は立たない。若くもなければ決してハンサムでもなく、それどころか真理からは「益子さんって満員電車の中で真横に立たれたらワァヤダ、痴漢？　って思っちゃいそうな感じの顔してますよね」などと無茶苦茶なことを言われてしまうようなご面相である。けれど実際のところ陶子はこの男が（色恋抜きで）けっこう好きだった。根が善良で真面目なのだ。セクハラ発言だって好意的にみれば異性に対する照れの裏返しで、その点では真理の天然逆セクハラといい勝負でもある。

「カノジョですよー、益子さん」益子の口調を真似て、陶子はさらりと受け流す。「高校のときの友達ですよ。ソフト部で一緒だったの」

「美人？」

とすぐ益子はこういうことを聞く。

「そりゃもう。ただね、性格はばりばり体育会系ですよ。益子さんなんか、すぐに『なってない、グラウンド十周』とか言われそう」

「美女にしごかれるんなら、それはそれで……」わざとらしくスケベ笑いをしてから、ふいに益子は真顔になった。「しっかし、そうかあ。陶子ちゃん、高校を卒業してすぐウチだもんなあ。高校のときの友達が、最後の学校友達なんだよなあ」

妙にしみじみと、そんなことを言う。

陶子は早くに父を亡くし、そして母はいつからか、いなくなってしまった。もちろん、大学に行く経済的余裕なんてなかった。だから高校を卒業すると、さっさと就職する道を選んだ。

益子はもちろんそのことを知っている。彼は別に陶子を憐れんでいるわけではなく、純粋に「偉いなあ」という意味を込めての言葉なのだろう。

それはよくわかっているのだが、少しだけちくりときた。もちろん、運針の手許《てもと》が狂ったときのような、すぐに忘れてしまえる程度の痛みだ。ただその痛みはどうしても、自分が捨てられた子供であるという事実を連想させてしまうのだ。

死んでしまうことと、何も言わずに目の前からいなくなってしまうこと。

ごく身近な人間にとって、どちらがより、辛いのだろうと思う。

そんなことを考えていて、ぼんやりしていたらしい。真理が怪訝《けげん》そうに陶子の顔を覗き込んで言った。

「どうしちゃったんですか？　四番にお電話です。鳴海物産の谷さんから」

「何だろ、朝っぱらから」

陶子は露骨に顔をしかめた。商品の未着かクレームか、はたまた緊急オーダーか。どうせろくな用向きではない。

メモ用紙を引き寄せ、大きく息を吸ってから、赤く点滅した電話のボタンを押した。

過去のことなんて、ぼんやり考えている余裕はとてもない。少なくとも、今は。

予想どおり、鳴海物産の谷かおりが持ち込んでくれたトラブルのおかげで、午前中はぐちゃぐちゃだった。電話越しに父親のような年齢の男性と、祖父のような年齢の男性から順番に怒鳴られ、受話器に向かって平身低頭し、何枚もの書類をファクシミリで送信し、オンラインに反抗されながらイレギュラーなデータを入力した。おかげで午前中に片づけてしまうはずだった仕事——社長直々に依頼されたゴルフコンペの案内状の作成だの、接待費の伝票処理だのカタログ送付だの請求書や納品書の発送だの売り上げ伝票のチェック及び整理だの——が、何ひとつできなかった。おまけにこんな日に限って来客が多く、陶子がトラブっているのを知っている真理が気を利かせてお茶くみに立ってくれるのだが、そうすると今度はかかってきた電話の対応に追われることになる。

まるでひと昔前のスポ根物のように、次々に飛んでくるボールを片っ端から打ち返しているヒロインのような気分になってきた。客観的に見て、これだけの数でしかもこれほど変則的なコースに飛んでくるボールを、冷静に、的確に打ち返せる自分はすごいぞと思う。そしてさらに客観的に見れば、どれほど困難なボールをどれだけの数さばこうが、何ひとつ積み上がっていくわけでもキャリアアップにつながるわけでもない仕事だよな、と思う。

ふてくされるというのではなく、淡々とそんなことを考えながらトラブルの渦中にある取引先に報告の電話を入れた。担当者の男性は、安堵の吐息とともに「ありがとう。よくやってくれた」と言ってくれた。

ごま塩頭の彼には幾度か会ったことがある。陶子はその笑顔を思い、口許をほころばせた。

最後の仕上げとばかり鳴海物産の谷かおりのところに電話を入れると、昼休み前だというのにもう食事に出ていた。いつものことなので、もはや腹も立たない。ようやく長い午前中の業務も終わり、陶子は真理とともに応接室に入った。来客のない昼休み中に限り、そこで休憩することを許されているのである。他愛ない話をしながらお弁当を食べるのが、ささやかな憩いのひとときだ。今日は馬鹿みたいに忙しかったから、食後のデザートはとっときのハーゲンダッツのアイスにしようね、なんて話しながら食べ始め、話題が天窓のことに及んだとき、電話が鳴ったのである。

かけてきたのがユーザーでも代理店の人間でもなく、長瀬里穂なのだと気づいたとき、陶子は自分に呆れかえっていた。

今の今まで里穂のことを綺麗に忘れてしまっていたのだ。人ひとりが失踪するなんて大変なことなのに。

まるで胸の裡に大きなあぶくが生まれたみたいで、とっさに返事をすることができなかった。

「――里穂ちゃん？　そうなんでしょう？」

ようやくそう言った。だがそのときにはもう、電話は取り返しのつかないツーという音をさせていた。

――なんて馬鹿なんだろう、私は。

先ほどのあぶくは弾け、代わりに忸怩《じくじ》たる思いが胸を満たしていた。何かあったはずなのだ。里穂を引き留めるだけの、効果的な言葉が。

昨夜、陶子は『色々聞いてはみましたが、結局何の手がかりもつかめませんでした』と伝えるために里穂の家に電話をかけた。失望させることはわかっていたが、寝ないで待っているであろう里穂の母親のことを考えると、そのままにもできなかったのだ。『もしあの子から何か連絡があったら、どうか教えてくださいね』と、くどいほどに言われた。『わかりました』と答えたものの、本当に里穂が自分にコンタクトを取ってくるなんて、かけらも考えていなかった。

けれど、いったい何と言えばよかったのだろう。何があったの？　今どこにいるの？　お母さんが心配しているわよ。このまま無断欠勤を続ければ、会社だってクビになってしまうのよ。今ならまだ、きっと間に合う。とにかく早くご両親に連絡して上げて。

どのひとつを取っても、あるいはすべての言葉を並べても、やはり駄目だ、という気がする。やっぱり電話はすぐに切られていた、と。それでいて、もっと別な、かけるべき言葉があったように思えてならない。

「……陶子さーん、どうしたんですかあ？」真理が間延びした声で言った。「アイス、溶けちゃいますよ」

「そうね……」

低くつぶやき、それからアイスクリームにまた蓋をした。

「あれ？　食べないんですか」

「うん。今はいいや」

立ち上がって再び冷凍庫にしまう。そしてそのまま、デスクに向かった。そこには午前中に片づけるはずだった仕事が、手つかずで残っている。


その夜遅く、家に帰ると狭い居間は祖母の荷物と布団で埋まっていた。祖母の部屋はというと、青いビニールシートで封鎖され、実に物々しい有様だ。

「さっそく天窓の工事を始めてもらったのよ」上機嫌で、祖母は言った。「必要なものを持ち出したり、家具や床をシートで覆ったり、大騒ぎだったんだから」

「さすが、思い立ったら素早いわね」

半ば呆れ、半ば感心して、陶子はつぶやいた。

「知り合いの工務店に、無理言ってね。他の現場の合間に、ちょっとずつやってくれることになって。それにしてもまあ、私は軽く考えていたんだけどね、天井板をはがしたり何したり、けっこう大変な工事だわよ。どうやら何日もかかりそうな具合でね」

「そりゃそうでしょ。真理ちゃんが言ってたけど、天窓って雨の日なんか、けっこううるさいらしいわよ。寝室には向いてなかったんじゃないの？」

「そんなこと、いまさら言っても遅いわよ」

涼しい顔で祖母は言う。陶子はちょっとふくれた。

「いつもいつも、中途半端に相談だけして、結局さっさと自分で事を進めちゃうんだから」

「何も相談せずに、いきなり屋根に穴が空くよりゃマシでしょ。それに天窓にだって、いいところはたくさんあるはずだけどね。真理ちゃんはそう言ってなかった？」

「そりゃ、夏なんか、こもった熱気が抜けていいとか、熱帯夜のときに開けっ放して眠れるとか……」

「ほらごらん」勝ち誇って祖母は言う。それから妙に背中を丸めて付け加えた。「それにね、先だって、ひどい風邪で寝ついたでしょ。そのときに思ったのよ。死ぬときには、青い空を見ていたいものだってね」

「そんな、哀しいこと言わないでよ」

思わず陶子は声を荒らげていた。祖母は驚いたように目を見開き、それからおやおやと肩をすぼめた。

陶子は無言で、冷めてしまった湯を沸かし直すために、風呂場へ向かった。

寝る間際、陶子は真理の言葉を思い出し、居間に横たわる祖母に向かって少し素っ気なく言った。

「網戸はつけてもらった方がいいよ」

豆球だけの薄闇の中、祖母はふっと笑って言った。

「そうするわ」

4

翌日もやっぱり、忙しかった。配車担当のミスで、急ぎの製品が目下、とんでもない場所にあることが発覚したのだ。焦ってデータを入力しているときに限って、システムがダウンする。再度立ち上げる暇も惜しく、手書きファックスで善後策を書き送る。返事の電話だと思って出てみると、飲み屋のママから請求書の未払いについての問い合わせ。即座に経理担当者に転送する。誰よ、スナックぷりりんなんてところで呑んだのは。きりきりカリカリしているところへ上司からも、顔色を窺うようにして仕事を頼まれる。自分はそんなに殺気立った顔をしているのだろうか？　きっと、しているのだろう。


昼休み、くたびれ果ててデザートのアイスクリームを食べていると、またしても電話が鳴った。飛びつくようにして受話器を取る。社名を名乗り終える前に、真理以上に間延びした、のどかな声が聞こえてきた。

「あ、陶子さんですか？　僕です。大日本リサーチの萩《はぎ》です」

近くの調査会社に勤める、新米調査員の萩広海《ひろみ》だった。ひょんなことから知り合って、以来ときどきこうして電話がかかってくる。仲通りで、ばったり出くわしたりもする。たまに一緒に食事をしたりもする。知り合ってけっこう経つのに、未だに電話ではこうやって律儀に社名を口にする。陶子は小さく笑ってから、わざと声のトーンを下げた。

「何か用？」

「用というほどの用でもないんですけど」いっこうめげずに萩は言った。「久しぶりに今晩、食事でもどうかなあと思って」

「悪いけど、今日は無理」陶子はすげなく言った。「午前中トラブっちゃったから、思い切り残業モードに突入なの」

「遅くなるんですね。それならちょうどよかった。近くの社員食堂の食券を手に入れたんですよ。そこの残業食がうまいらしくて……十五分で仕事に戻れますよ」

数秒考えてから、陶子はOKした。どう考えてもその方が能率の良い仕事ができそうだ。

「でえとですかあ？」

電話を終えて戻ると、真理が興味津々の顔で聞いてくる。そんないいもんじゃないわよと苦笑しつつ、デザートの続きを食べた。

アイスクリームは溶けかけていたが、それでもけっこう美味しく食べることができた。

「──あ、陶子先輩じゃないすか。うぃーっす」

厨房からいきなり声をかけられ、陶子は思わず出しかけた手を引っ込めた。

「やだな、そんな驚かないでくださいよ。私ですよ、ワ、タ、シ。高校んときの後輩の……」

スープを注ぐ手を止めて、相手は白マスクを外した。

「ああ……三好さん。ここが勤め先だったんだ」

さすがに驚いて、陶子は言った。ソフト部後輩の、三好由美子だった。

知寿子の通夜があった日に、栄養士になって社員食堂に派遣されていると は聞いていた。その派遣先が、まさかこんな近くにあるとは思ってもいなかった。一応、今晩にでも電話してみようと思っていたのだから、奇遇としか言いようがない。

「今は山本ですがね。具を多めにサービスしときます」

由美子はそう言いながら、おたまで鍋底をごそりと漁ってくれた。湯気とともに、ふわりと良いかおりが立ち上る。

メニューはドライカレーだった。みじん切りにした野菜を丁寧に炒めてあって、とても美味しい。辛さもほどよい感じだ。サラダの代わりになぜか浅漬けが添えてあるのだが、これもさっぱりしていて美味だった。

「美味しいでしょう、陶子さん」自慢げに、萩が言った。「この佃煮も美味いですよ。サービスなんだそうです」

と丼を陶子の方に押しやった。すすめられるまま、スプーンですくって白いご飯の上に載せる。一口食べて、「あ」と思った。

「これ、うちの祖母が作る佃煮と同じ味……出汁を取った後の、カツブシとか昆布をためておいて作るの」

祖母の佃煮と同じように、山椒の風味がきいている。

「バレましたか」

背後で声がして、振り向くと由美子が立っていた。

「坐ってもいいですか、先輩」

「でも、いいの？ 仕事中なんでしょ」

「それが今は、てんで役立たずで」由美子は左手を持ち上げてみせた。人差し指に大袈裟な包帯が巻いてある。「今朝、下ごしらえんときに包丁でざくっとやっちゃって……」

「邪魔だから早く帰れって言っても、聞きゃあしないんですよ」隣のテーブルを拭いていたおばさんが、忌々しげに言った。「まったく、縫うような怪我だってのに、自分で絆創膏《ばんそうこう》なんて貼ってさ、すまーした顔して仕事してたんだから、この人は」

顎の尖った三角顔に似合いの尖り声だったが、由美子のことをひどく案じている気配が伝わってくる。

「もうちゃんと治療したから大丈夫っすよ」明るく言ってから、由美子はさっさと陶子の隣に腰かけた。「自分が作ったものを人が食べてるとこ見るの、好きなんですよね」

「美味いですよ、これ」

萩がスプーン山盛りのドライカレーを口に運びながら言った。

「おかげさまで評判良くって。こうしてヨソの会社からも食べに来てくれるくらい」

由美子はわざとらしくにっと笑った。

「仕事で知り合った人から、特別に食券を譲ってもらったんですよ」

なぜか胸を張って萩は言い、由美子はぼそりと応じた。

「で、デートに使ってるわけですか。これがホントの食券乱用」

わっはっは、と愉快そうに萩は笑った。妙に気が合っている感じだ。そこへ、傍らから定食の載ったトレイがにゅっと突き出された。見るとさっきとは別の調理員がいて、叱るような口調で言った。

「後はもういいから、これ食べてさっさと帰って頂戴。わかったわね？」

言い捨てるなりさっさと持ち場に戻って行く。由美子はトレイを引き寄せながら言った。

「おかんが三人いるみたいな感じでさ、うるさいったらないのよねー」

「聞こえてる」

厨房から、別な声が返ってきた。聞こえるように言ったに違いない由美子は、舌をぺろりと出している。陶子は少し目を細めて、由美子を見やった。

「いい職場ね。でも、旦那さんのご飯はいいの？」

「これと同じもの、もう食べて行ったから平気です」にっと笑ってから、由美子はふと真顔になって言った。「……そういや、チーズ先輩もよく食べて行ってくれましたよ」

「え？」虚を衝かれて、陶子は瞬きをした。「ここって明知商事の社食だったの？」

「何だ、知らないで食べてたんですか？」

由美子がおかしそうに言った。

「あのね、里穂がいなくなったのよ」唐突に、陶子は切り出した。「いきなりごめんなさい。月曜日に里穂のお母さんから電話があって……」既に何度もした説明を、陶子は繰り返した。「何か心当たりはない？」

「うーん」由美子は首を傾げた。「そもそも今、高校のときの友達ってあんまり付き合いないからなあ」

「緑ちゃんとも？」

陶子はチームメイトの名を口にした。現在、看護師をしている井上緑は、由美子とは同学年だった。

「うーん」とまた由美子は首を傾げた。「あの子、私のことがあんまり好きくない感じだったからなあ……別に仲悪いとかじゃないんですけど、ペースが合わないっつうか……それに今となっては、高校時代ってなんだかもう、すごく遠いんですよね」

それはとてもよくわかったので、陶子は思わずうなずいた。

「もう七年って言うべきか、まだ七年って言うべきか……私って薄情なのかなって気がするくらい、遠いわよね」

過去の人間関係を切り捨てて進んでいるようで、後ろめたさがないと言えば嘘になる。

「きっとまだ、昔を懐かしむような歳じゃないからですよ。誰だって、今が大事だし、今が大変なんだもん」ぽそりと、投げ出すようにつぶやいてから、由美子はふいに優しい目をして言った。「陶子先輩、また全部一人で抱え込もうとしてるでしょ。良くないクセですよ、それ。いくら元キャプテンでエースだって、できることとできないことがあるっしょ？　先輩だってまだ、若い女性じゃないすか。死んじゃった人のためにお葬式に出ることはできても、いなくなった人のためにはたいしたことはできないですよ、誰だって。目の前にいない人の手なんて、引っ張って上げられないでしょ？」

陶子が絶句していると、由美子は重ねて言った。

「私、手がこんなだから明日、お休みを取ったんですよね。無理矢理取らされたっつうか、どっちみち、水仕事できませんから。だから、ヒマなんです……確か長瀬先輩の勤め先も、丸の内ですよね」

「ミュータン……」

古いニックネームが、ぽろりと口からこぼれ出す。高校時代、宇宙人みたいに何を考えているかわからないと言われていた女の子は、相変わらずの素っ気ない口調で言った。

「社員食堂って裏方仕事ですけど、裏方には裏方のネットワークがありますからね。先輩には表のネットワークがあるでしょ？　いっちょ、やってみませんか？　全然たいしたことじゃないことを、ね」

そう言って、由美子は軽く片目をつぶってみせた。


「——こんな偶然ってある？」オフィスに戻る道すがら、陶子は言った。「たまたまあなたに連れて行かれたヨソの社食で、たまたま高校時代のチームメイトだった後輩に会って……それも、たまたまチームメイトの一人が行方不明になっているときに」

「けっこうね、偶然ってのはあるんですよ」穏やかに、萩は笑った。「僕がたまたま、事務所で書類整理をしていたら、一件のイレギュラーな調査のファイルを見つけて……僕が入社する前のことで、どうやらうちの所長が個人的に頼まれたことらしくて。明知商事の山本会長のお孫さんが、社員食堂の女性と結婚すると言い出した。ついては問題の女性の人となりを調べて欲しい……そういう依頼で。プロフィールには陶子さんと同じ高校の名前があって、あれ、と思ってよく見たら同じソフト部の所属で。だから印象に残っていたんです。それが一つ目の偶然」

「てことは二つ目があるのね？」

「昨日の午後、仲通りで真理さんとばったり会いましてね。僕が陶子さんはどうしてますかって聞いたら、今朝、ソフト部の友達から電話がかかってきて、食べ物の幽霊の話をしていた、と言っていました」

「あの子ったら……」

真理は陶子が萩と付き合っているものと考えている。そして萩からの電話に出たり、偶然彼に会ったりすると、無闇と気安く話しかけるのだ。もちろん共通の話題は陶子のことだ。

「彼女は勘違いしていたけど、チーズっていうのは食べ物じゃなくて、亡くなったソフト部仲間のニックネームですよね。それで、何かあったんだな、と。さっきの後輩の人の言葉じゃないけど、陶子さんってわりと何でも一人で抱え込んじゃいますよね。だから、せっかく近くにいるんだしと思って……おせっかいでしたか？」

黙りこくってしまった陶子を見て、萩はやや心配そうに言った。

「……おせっかいよ、ほんとに」少しかすれた声で陶子は言った。「私一人ならせいぜい、元チームメイトに電話をかけまくって、里穂のお母さんには『結局何もわかりませんでした。お力になれなくてごめんなさい』って謝って……それでお終いにするところなのに」

萩は即座に首を振った。

「そんなことはないでしょう。陶子さんは優しいし責任感が強いから、だからみんな頼るし、ほっとかないんですよ」

「ホントは、違うの。全然、そんなことないのよ」

「そんなことありますって」

自信たっぷりに、萩は断言する。陶子は苦笑と自嘲の混ざった笑みを浮かべた。

「自分のことは自分が一番知ってるわよ。私ね、人と深く付き合うことをわざと避けてきたんだと思う。クールだと思われてるけど、本当は単に臆病なのよ。どんな人も、いつか必ず目の前からいなくなってしまいそうで、怖いの」

実の母親でさえ、陶子を捨てて消えてしまったのだから。その事実について考えるたび、陶子の心はきゅっとつぶれてしまいそうになる。

「……今回のことだってそうよ。いなくなりたいんだったら、そっとしておけばいい……それが当人の意思なんだからって、心のどこかでそう考えて逃げていたの。自分で

「引っかかる？」

「たいしたことじゃないんですけど。緑ちゃんの話だと、長瀬先輩とチーズ先輩って就職のとき、第一希望の会社にそろって合格したってことでしたよね。チーズ先輩がそう言ってたって。けど、その同期の人が言うには、その会社に落っことされたってチーズ先輩が自分で言ってたそうなんですよ。この違いは何なんだろうな、と」

確かに変だ、と陶子も思った。知寿子は相手が後輩だろうと何だろうと、そういう見栄をはって嘘をつくようなタイプではなかった。もちろん、七年というのは人が変わるには充分な時間なのかもしれない。社会人になってからはおろか、大学生だった頃の知寿子も陶子は知らないのだ。

「長瀬先輩本人については、何も知らないそうです。そりゃそうですけどね」と由美子の報告は続く。「あと、長瀬先輩の会社の社員食堂にも潜り込みまして。まあ、勝手知ったる同業者ってやつですね。休憩時間に長瀬先輩の写真を見せて、この人を知ってるかってやってみたんです。大きい会社ですから期待してなかったんですけど、一人知ってる人がいて。言ってましたよ。いつも元気ではきはきしてて明るく挨拶してくれる、素敵な人だって。ま、収穫はそんだけなんですが」

「いつも元気ではきはき……」

七年という月日は、少なくとも里穂の性格を大きく変えたらしかった。

「あとですねー、明知商事グループの診療所にも行ってきたんですよ。ま、手の怪我を診てもらうついでなんですが。で、受付の子はよく食堂で見かけるもんで、こっそり調べてもらったんです。けどね、チーズ先輩は一回も来たことがないんだそうです。まあ、つまり収穫ナシってことなんですが」手帳をめくるような音がする。『たいしたことじゃない』なんて言っていたが、実際は徹底的に調べてくれたらしかった。「……それと。例の秘書さんからは妙な話も聞きました。ここのところ、牧さんのことをよく聞かれるのよねって。総務部の男の人から、知り合いに頼まれたとかで。その人の名前も聞いときましたから、いざとなればダンナに突撃取材させますが……」

「どうもありがとう。でも、そこまでは必要ないと思う」

そうですね、とうなずいてから由美子は言った。

「けど、気になりますよね。誰が、何の目的でチーズ先輩のことを調べてるんだか」

同感だった。けれどそれは知りようもないことだし、里穂の失踪に直接関わることでもなさそうだ。

——そう思っていたのだが……。

その夜、井上緑から電話がかかってきた。

「ひとつ、変なことを思い出して」と緑は言った。「といっても、チーズ先輩のことなんですけど。彼女がうちの病院に来てたってことは言いましたよね。で、先月だったたかな、先輩のお兄さんが来院したんですって。顔を憶えてたわけじゃないけど、医局のとこでもめてて、知寿子って名前が聞こえてきて。あとで確認したら、用向きとしてはカルテを閲覧させて欲しいということでした。結局その場では開示されなくて、担当医と話だけして帰ったみたいですけど」

「そういえばチーズのお兄さん、お通夜のときに過労死がどうとかって騒いでたわよね」

「ええ。担当医は、医者に矛先を向けられても困る、働かせていた会社が悪いって、ひどく怒っていたわ。確かに、変だと思いません？　普通、内定が決まったら入社前健康診断ってありますよね。大きな会社だと特に。定期健診もあるわけだし、亡くなってしまうほどに心臓の状態が悪かったなら、どこかでひっかかってもいいと思うんですが。会社でやってる健康診断って、そんなにいい加減なものなんですか？」

「……入社前健康診断」やや虚を衝かれて、陶子はつぶやいた。「高校の頃に、ほどほどならスポーツも大丈夫っていう診断書を見せてもらったけど、でも……」

幼い頃、医者から「この子は二十歳まで生きられない」と診断されたと聞いたこともある。それが長ずるにしたがい、少しずつ健康になっていったという話だった。

「もう一つ、変な話なんですけど」なぜかふいに声をひそめて緑は言った。「チーズ先輩のお兄さんと一緒にね、りえちゃんがいたんですよ、なぜか。私の顔を見ると、すっといなくなっちゃったんですけど。逃げるみたいにして」

「りえちゃんって……坂田りえちゃん？」

いきなり、思いがけない名前が出てきて陶子は少し驚いた。

「私、あの子とはそんな仲良くなかったんで、陶子先輩から聞いてみてくれますか……もし、気になるんなら」

そうするわ、と答えて電話を切った。善福佳寿美からは、未だに連絡がとれないと電話があったばかりである。

『どうも勤め人と付き合いだしたらしくて、夕方以降、いなくなっちゃうんですよね。入れ違ってばっかりなんですよ』

と佳寿美が言っていたとおり、陶子が電話を入れても不在だった。出てくれたりえの母親に、会社にでもいいからと連絡を入れてもらうよう伝える。続けて小原陽子に電話をかけた。今度はつかまった陽子に、先ほど引っかかった「入社前健康診断」という言葉をぶつけてみる。すると、いまさらながら由美子が言っていた事実——会社の診療所に一度も行っていないということ——が奇妙に思えてくる。勤めて仕事をしていれば、風邪くらいではいちいち休んでいられない。仕事の合間に診療所へ行き、もらった薬を服《の》んで取り敢えずしのぐ。誰だって、そうしている。陶子だってそうだ。そして知寿子は決して丈夫な方ではなかった。それどころか……。

まるで怒っているような沈黙の末、陽子は言った。

「……以前、担当している作家が言ってたのよね。チーズと、里穂の話をしたときに。里穂がチーズのお葬式にやってこなかったのは、チーズが里穂を殺して成り代わっているからだって」

「そんな馬鹿なこと」

強い口調で言ってから、陶子は笑った。実際、馬鹿馬鹿しかった。陽子も笑った。

「そう、馬鹿なこと。荒唐無稽な妄想話よ。だけど、もっと現実的にあり得る話もあるわ。たとえば、こんなストーリィはどう？」

そう前置きして、まるで読んだばかりの小説のプロットでも紹介するように、淡々と陽子は話し始めた。

坂田りえから会社に連絡が入ったのは、翌日の十時過ぎのことだった。昨日帰ったのが遅くて、母親から伝言を聞いたのが今なんですと、やや言い訳めいた前置きのあと、ひどく言いにくそうに言った。

「あの……佳寿美から聞いたんですけど、長瀬先輩、いなくなっちゃったって本当ですか？」

「本当よ。何か心当たりはある？」

陶子の問いに、りえは長い間黙りこくっていた。

「あるのね?」

重ねて問うと、ふいにりえは電話口で妙な音を立てた。泣いているのだと気づくのに、しばらくかかった。

りえは言った。

「……私のせいなんです。先週、長瀬先輩にひどいこと言っちゃったから」

「ひどいこと?」

「チーズ先輩が亡くなったのは、長瀬先輩のせいだって」

ひと呼吸置いて、陶子は尋ねた。

「それは、里穂がチーズになりすまして会社の健康診断を受け続けていたから?」

驚いたらしく、しゃくり上げる声が止まった。

「……何で知ってるんですか? チーズ先輩から聞いてたんですか?」

「そういうわけじゃ、ないけど」

昨夜、陽子とともに導き出した結論。

とどのつまり、それしかあり得ないのだ。

知寿子が社の診療所に行けなかった理由。里穂が知寿子と同じ髪形やメイクにしていた理由。

第一志望の会社に、知寿子と里穂はそろって内定をもらっていたのだろう。ところが、内定直後の入社前健康診断で、知寿子は内定の取り消しを受けたのだ……健康状態に問題あり、ということで。

由美子にはもう、確認済みだった。彼女の夫の会社には、入社前健康診断の制度がない。入社してから、通常の健康診断を受けるのだ。

知寿子は第二志望だった明知商事に入社した。そして五月に行われる健康診断を、自分に代わって受けてくれるよう、里穂に頼んだのだ。会社側が求めているのは、〈支障なく業務が行える程度に健康な人材〉である。より短絡的には、それが証明できるだけの書類である。用意することは、実はさほど難しくない。協力的な替え玉さえいれば、だが。

二人は似たような背格好で、血液型も同じだった。加えて勤務先は同じ丸の内である。どちらの会社も私服だから、ネームプレートや健康診断のための書類さえそろっていれば、替え玉で受診するのは難しくない。まったく造作もないことだったろう……。

こうなってくると、と陶子は思った。ソフトボール部で手回しよく提出された診断書も、今となっては相当に怪しい。病院ごとに書式はそれぞれだろうし、ワープロでそれらしくこしらえた用紙に直筆でもっともらしい文章を書き、三文判でも押してあれば、誰もそれ自体の真偽を疑ったりはしないだろう。

――心臓のことが理由で、やりたいことができないのは嫌だもの。

知寿子はよくそう言っていた。なぜソフト部を選んだのか、人から聞かれるたびにそう言っていた。それは決して、そのためには死んでもかまわないということとは違うだろう。ただ、後悔したくないということなのだろう。

決断したのは当人だ。その結果を背負うのもまた、当人だ……たとえそれが、どれほど取り返しのつかない結果であったとしても。

けれど里穂はどうなる？　よくしつけられた子犬みたいに、愚かなほど一途に知寿子を慕っていた里穂は？

里穂の存在が重くなったのだと、知寿子は語っていたそうだ。それはもしかしたら、嘘の重みだったのかもしれない。

「長瀬先輩、どこ行っちゃったんだろ。まさか、思い詰めて自殺……とかしてないですよね」

しゃくり上げながら、りえは言った。

「りえちゃんはどうしてチーズのことを調べていたの？」

陶子の質問に、りえはきまり悪そうに答えた。

「チーズ先輩のお兄さんに頼まれて……どうしても納得できないからって。でも調べていくうちに、ヘンな具合になっちゃって……会社側はチーズ先輩の心臓のこと、全然知らなかったんですよ。健康診断の結果も良好だったって。それで……」

「替え玉のことに気づいたのね」

知寿子がそんなことを頼める人間がいるとすれば、一人きりだ。そして引き受けるであろう人間も……。高校時代をともに過ごした人間なら誰だって、同じ結論にたどりつく。

「……りえちゃんのせいじゃないよ」

お義理でも慰めでもなく、陶子は言った。

りえが知寿子のことを調べ、結果、里穂を糾弾したのも、結局は他人のためなのだ。どうして誰も彼も、誰かのために他人の心を傷つけたり、騙したりできるのだろう？自分のためにはできないことを、好きな誰かのためにならできるのだろう？

陶子には、わからなかった。わからない自分が、ひどく哀しかった。

6

気が付いたら金曜日になっていた。そして結局、事態は何も変わっていないのだった。

里穂がいなくなって、少なくとも五日目になる。

里穂が姿を消した理由だけは、どうやらわかった。それを里穂の両親に告げるべきかどうか、迷いながら陶子は家路についた。

結論の出ないままに、陶子は自宅近くで立ち止まってしまった。

月の明るい夜だった。街灯の光が、片桐家の瓦屋根をこうこうと照らし出している。視線を落として歩きかけ、はっと立ち止まった。

北側のその屋根には、窓はなかった。どんな工事の跡もなかった。

火曜日の朝、祖母はほんの思いつきのようにして天窓のことを語っていた。そしてその夜遅く帰ったら、もう祖母の部屋は封鎖されていた。

その間に、何があった？　里穂から陶子の会社に、電話がかかってきた。おそらくは、S・O・Sの電話が。なぜ里穂は陶子の勤め先を知っていた？　もちろん、まず自宅に電話をして、聞いたのだ。祖母の志乃から。

二人の間にどんなやり取りがあったのか、それはわからない。

直接、祖母に尋ねれば済むことだった。

陶子は小走りに玄関に駆け寄り、鍵を開けた。物音に気づいて出てきた祖母に、ただいまも言わずに聞いた。

「……ずっと、いたのね？　おばあちゃんの部屋にいたのね？」

青色のビニールシートで封印されていた部屋。その奥を、陶子は覗いてみようとはしなかった。

月末月初の、忙しい最中に。眠るためだけに帰っていたような家に、長瀬里穂はいたのだ。陶子が昼間、会社で働いているときにも。夜、里穂のことであちこちに電話をかけているときにも。何のことはない。尋ね人はずっと、同じ屋根の下にいたのだ。

「おばあちゃん」もう一度、陶子は言った。「なぜ教えてくれなかったの？　私があの子を探していることは、知っていたでしょう？」

「あの子が、誰にも言わないでくれって言ったからよ」

静かに、祖母は答えた。

「でも……なんで？」

「棚が壊れるかどうかしてさ……」ごく柔らかくではあったが、祖母は陶子の言葉を遮った。「上に載せてたお茶碗が落ちそうになってて、それが目と鼻の先だったらどうする？　陶子だって、とっさに受け止めるでしょう？　おんなじことよ。あの子がうちに電話してきて、陶子の勤め先を教えてくれって言ってきて……その様子がただごとじゃなかったから、私は最後に言ったの。何かがどうしようもなくなっているんなら、うちにいらっしゃいって。あの子、絶句して、それから泣いて……結局、ここへやってきた。でも現れてすぐに、やっぱり陶子に合わせる顔がないって帰ろうとして。それなら、陶子にも内緒で置いてあげるからって、そう言ったのよ」

「だから何でおばあちゃんがそこまでするの？」

陶子は居間に溢れた品物を見渡してつぶやいた。祖母は自室を里穂に明け渡し、不自由な生活を送っていたのだ。それまで顔を合わせたこともない、赤の他人のために。

祖母はしばらく黙っていたが、やがてぽつりと言った。

「一度、私はお茶碗を割っちゃっているからね」陶子が首を傾げたのを見て、苦笑しながら付け加えた。「あなたのお母さんのことよ」

ぐっと込み上げるものがあった。昔、陶子の母親は、この家を出て行ってしまった。幼い娘と、死んだ夫の母親を残して。

「おばあちゃんだけのせいじゃないよ」

ようやくそう言うと、祖母は寂しげに笑った。

「そうね、あなたのお母さんも気は強い方だったから。お互い、割れたお茶碗を糊でくっつけて、騙し騙し使っていこうなんて器用なこともできなかったし。だけどね、これだけはわかって欲しいんだけど、あなたのお母さんがあなたを家に置いていったのは、私のためなの」

「おばあちゃんの?」

「大事な一人息子をまだ若いうちに亡くしちゃって……その前に夫にも先立たれていたしね。この上、たった一人の孫まで連れて行かれたら私はもう、この世に一人っきりだから。そんなことになったらたぶん、生きていられなかったろうから」

陶子は目を見開き、そしてうつむいた。伏せた睫《まつげ》の間に、涙のしずくが盛り上がる。

「……あの子とね、話をしたよ。とてもたくさん。亡くなったお友達の話……チーズって呼ばれてた、女の子の話。写真を撮るときに、『チーズ』って声をかけられたときみたいな、まるで鏡の前で練習しているみたいな笑顔を、いつも浮かべていたんですってね」

うん、と陶子はうなずく。

「仏頂面でいるなんて損だって、よく言っていたそうよ。だって私は笑った顔が一番可愛いんだからって」

泣き笑いとともに、またうなずく。

「ずっとね、ソフトボール部の仲間が今どうしているか、見て回っていたそうよ」

「なぜ？」

「さあ、なぜかしらね。みんなそれぞれの道を、何事もなかったみたいに歩いているって、そう言ってたわ」

まるで牧知寿子なんて女の子は、最初から存在していなかったみたいに？

何人かは、チーズの幽霊を見たと言っていた。髪形や化粧ひとつで、そんなにも似てしまうものだろうか。チーズみたいになりたいという、強い思いがあったのだろうか？

少なくとも、成り代わりたいなんて考えていたわけじゃないだろう。

街を歩いているとよく、まるで双子みたいによく似た女の子の二人連れに出会う。似たような髪形をして、同じブランドの服に身を固めた彼女たちは、同じ一人の男の子を好きになったりするんだろうか。

そんなふうにシンクロしてしまう友情というものが、陶子にはどうしてもよくわからなかった。人と単に〈うまくやっていく〉以上のものが、そこにはあるのだろう。正直、わずらわしそうだと思う。それでもやはり、羨ましいような気もする。

「里穂はなぜ、私に電話をしてきたの？」

それが、ずっと不思議だった。何だって彼女は、一番辛いときに私なんかを思い浮かべたのだろう、と。

「知寿子さんがあなたのことを大好きだったからよ。あなたみたいな生き方がしたいって、理想だって、よくそう言っていたんですって」

さも当然と言わんばかりの笑みを浮かべて、祖母は言った。そしてまた、陶子はしばらく絶句していた。

「……就職してからのことは、何か言っていた？」

祖母はゆっくり首を振った。聞いていない、という意味なのだと思った。けれど祖母は言った。

「今ここで、私と話をしても何にもならないわよ」

「……そうね」

確かに、祖母の言うとおりだった。祖母と話さなければならないことはある。けれど、それは今でなくてもいい。

里穂にはきっと、陶子に話したいことがたくさんあるだろう。反対に、話したくないことも、できれば話さずに済ませたいことも。

それをすべて、陶子は聞きたいと思った。チーズについて、大好きだったところ、あるいはその反対だったところ、楽しかったこと、辛かったこと、悔やんでいること……。陶子に理解できること、理解できないことをひっくるめたすべてを。

里穂だけではない。チーズを知る、かつてのチームメイトたちからも、聞いてみたかった。彼女たちの目に、知寿子はどんなふうに映っていたのか。尋ねた人間の数だけ、異なる色合いの知寿子がきっといる。そして、綺麗な弓形のカーブを描いた微笑みの向こうに、知寿子自身の知る知寿子がいる。彼女はどんなことを考え、何を望んでいたのか。いったい陶子のどこが、そんなに好きだったというのか。

知寿子にとって、エラーをして追いかけていた白いボールはどんな意味を持っていたのか。仕事という名の、果てることのない雑多な連なりは？

そして同じものは、自分にとってどんな意味を持っているのだろう？

胸が、ひどく痛んだ。悼《いた》みとは、つまり実際上の痛みなのだと、初めて知った。

りよ」

「天窓のことだけど」階段を上りかけた陶子に、祖母が声をかけた。「本当に作るつも

屋根に窓をつけるなんて、自分ならきっと思いつきもしない……そう陶子は考えた。

そして見えないでいると、つい忘れがちになる。そこに晴れた空や曇った空、夜の星空

があることを。降り注いでいる暖かい陽差しも、束の間現れる美しい虹も。

「うん」と陶子はうなずき、それから付け加えた。「網戸を忘れないでね」

それからゆっくりと残りの階段を上った。

里穂と顔を合わせたら、まず何と言おう。

とっさに浮かんだいくつかの選択肢の中に、「おかえり」という言葉があって陶子は

一人小さく笑った。そう、それもいいかもしれない……今、この家に帰ってきたのは陶

子の方なのだけれど。

目の前に、青いシートで封印されたドアがあった。厳重に見えて、それはいともたや

すく開いてしまうものだった。誰かが身じろぎする気配が伝わってくる。まるで巣の中

の、怯えた小鳥のように。

陶子はひとつ深呼吸をした。そして青いシートをめくり、祖母の部屋のドアを静かに

ノックした。

解説

北上次郎

うまいなあ加納朋子。この作者のうまさについては、いまさら言うまでもないが、しかし本書を再読してまた唸っている。

たとえば冒頭は、牧知寿子の死を渡辺美久が知る場面である。知らせてきたのは高校のソフトボール部のキャプテンだった片桐陶子だ。で、その通夜に出かけていくと、ソフトボール部の面々がいる。高校を卒業してから七年後だから、みんな二十五歳だ。いや、後輩もいるから、みんな同じ年ではないのだが、そのソフトボール部のメンバーが手早く紹介される。

「いつも物静かで、落ち着いていて、必要以上に騒ぎ立てるなんてことは絶対にしない」片桐陶子は相変わらず落ち着いているが、「年頃に相応のしゃれっ気など皆無と言ってよく、量の多い髪を首の後ろで注連縄みたいな三つ編みでまとめ、顔中に浮いたそばかすをものともせずに真夏の紫外線に素顔をさらしていた」小原陽子はびっくりするほど変貌して洗練されていることなど、七年後の彼女たちが手際よく紹介されていく。

これが渡辺美久の巻だ。

ここから、小原陽子の巻、善福佳寿美の巻、井上緑の巻、坂田りえの巻、三好由美子の巻、そして片桐陶子の巻と、続いていく。彼女たちは編集者、保育士、看護師、栄養士、とさまざまな職業についている。主婦もいれば、無職の身もいる。仕事で壁にぶつかっているヒロインもいれば、未来が見えずに悶々としているヒロインもいる。その彼女たちの生活と夢と現実が、丁寧に描かれていく。だからこれは、青春真っ只中小説だ。人物造型もドラマも台詞も、すべていい。まったくうまい。

たとえば、ここでは三好由美子の例を引く。彼女は、社員食堂や病院食堂の経営代行をする会社に勤務する管理栄養士で、ある社員食堂に派遣される。そこには前任者が逃げ出したほどの意地悪サンババがいて、由美子も悩まされるのだが、その状況を彼女は少しずつ変革していく。その具体的なディテールが鮮やかだ。ここにあるのは実に秀逸な人情ドラマといっていい。

保育園に勤務する佳寿美、看護師の井上緑、そして大手出版社で働く陽子。彼女たちの卒業後の人生が、いまの生活がこうして鮮やかに描かれていく。みんなが幸せな生活を送っているわけではない。頑張ってはいるものの、みんなどこかで迷っている。その日々の迷いと鬱屈と、しかし生きる希望をくっきりと描きだす筆致が見事。

加納朋子に『ささら さや』という作品があるが、こういう人間ドラマを描くのがこの作家は実にうまい。『ささら　さや』で、近所に住む三人のお婆さんがヒロイン親子と仲良くなって、彼女の家を溜まり場にするかのように集まってくる挿話を想起されたい。それぞれ行き場のないおばあちゃんで、彼女たちはヒロインの世話をすることに生き甲斐を見いだしていく。顔を合わせればすぐに喧嘩を始めるおばあちゃん軍団だが、見知らぬ町で生活を始めたヒロインにとっては心強い味方といっていい。こういう人間関係、そのディテールがこの作家は飛び抜けている。話を本書に戻すと、読み終えると元気が出てくるのもいい。これは温かな一冊だ。いとおしくなる一冊だ。

これだけでも十分なのだが、しかしもちろん加納朋子の小説であるから、これだけではない。それぞれの各篇は、日常の中の小さな謎を解くミステリーでもあるのだ。たとえば冒頭の渡辺美久の巻では、ガラス越しに微笑む少年の謎を陶子が解いていく。佳寿美の巻では、園児行方不明の謎を彼女が解いていく。そういう謎解きをちりばめていくのである。「日常の謎派」作家としての面目躍如といっていい。

衆知のように、加納朋子は第三回の鮎川哲也賞を『ななつのこ』で受賞してデビューした作家である。これは、ひとつの短編の中に二つの謎解きを入れ、さらに全体が繋がっているという画期的な連作ミステリーで、この趣向は第二作『魔法飛行』でも繰り返された。幾つかの謎を描きながら、最後にそれまでの謎がすべて繋がっていくラストは実に快感で、有栖川有栖がその秀逸な解説で書いたように、それは「魔法」と呼ぶしかない。とても新人の作品とは思えない完成度であった。その後の作品も同様で、これほど堪能させてくれる作家も珍しい。

つまり本書は、各篇に謎解きをちりばめながら、高校卒業後のヒロインたちの人生と現在を鮮やかに描く連作なのである。いくらなんでも、これで十分だろう。しかし、実はそれだけでもないから驚く。最大の趣向がまだ残っている。渡辺美久、小原陽子、善福佳寿美、井上緑、坂田りえ、三好由美子、片桐陶子と、七人の現在が描かれることに留意。死んだ牧知寿子を入れて八人。ソフトボール部は九人だったので、これでは一人足りないことになる。出てこない一人がいるのだ。これこそが本書の最大のミソといっていい。牧知寿子の親友だった長瀬里穂が最後まで登場しないのである。彼女が、全体を繋ぐミッシング・リンクになっていることこそ、本書の最大のキモだろう。すなわち本書は、各篇に謎解きをちりばめながら、高校卒業後のヒロインたちの人生と現在を鮮やかに描く連作なのだが、さらにもう一つ、全体が大きな謎で繋がっているのである。いかにも加納朋子の作品らしい。

片桐陶子の巻に登場する、鳴海物産の谷かおりと、大日本リサーチの新米調査員萩広海についても最後に触れておきたい。二人とも本書にはちらりと出てくるだけなので見過ごしてしまうが、本書に先立つ『月曜日の水玉模様』の重要な登場人物となっている。『月曜日の水玉模様』は片桐陶子が主人公となって、彼女が働く会社を舞台とした連作ミステリーで、身近に起きる不思議な事件の数々を、片桐陶子と萩広海が名探偵と助手となって解いていく。これも見事な作品といっていいが、そのラストがソフトボールの試合であったことを想起されたい。谷かおりは助っ人としてその試合に出場するのだが、それはともかく、ひょっとして君、すごい負けず嫌いだろと相手チームのピッチャーに言われたときの陶子の述懐を引く。

「ひょっとしなくてもそうだ。おかげで弱小チームを率いていた高校時代、部活動では悔しい思いばかりしていた。チームメイトが不甲斐ないせいばかりではない。むしろ自分自身に腹が立つことが多かった。ピッチャーとしてはどうしても限界があることを、常に思い知らされていたからだ。スピードはある。器用に変化球も投げられる。しかし球質が軽いため、少しうまい打者には大当たりを持って行かれてしまうのだ。加えて控えの投手がいないことも、スタミナのない陶子には辛かった」

その高校時代のチームメイトの、その後を描いたのが本書なのである。『月曜日の水玉模様』を読んだときには、弱小チームってどんなメンバーだったんだと思ったものだが、本書を読み終えると、たとえ弱小チームであっても、高校のソフトボール部に集まったメンバーにはそれぞれの人生と事情があったのだな、と納得するのである。

本作品は二〇〇三年十一月、集英社より刊行されました。

集英社文庫

レインレイン・ボウ

2006年10月25日　第1刷

定価はカバーに表示してあります。

著者　加《か》納《のう》朋《とも》子《こ》

発行者　加藤　潤

発行所　株式会社　集英社

東京都千代田区一ツ橋2—5—10
〒101-8050
(3230) 6095（編　集）
電話　03 (3230) 6393（販　売）
(3230) 6080（読者係）

印　刷　凸版印刷株式会社

製　本　凸版印刷株式会社

造本には十分注意しておりますが、乱丁・落丁（本のページ順序の間違いや抜け落ち）の場合はお取り替え致します。購入された書店名を明記して小社読者係宛にお送り下さい。送料は小社負担でお取り替え致します。但し、古書店で購入したものについてはお取り替え出来ません。

Printed in Japan

ISBN4-08-746089-4 C0193